“事儿妈”宋小娥

潘海琳 韩冰 林晨 著

重庆出版集团 重庆出版社

图书在版编目(CIP)数据

“事儿妈”宋小娥 / 潘海琳, 韩冰, 林晨著 . -- 重庆 : 重庆出版社, 2023.5

ISBN 978-7-229-17575-7

Ⅰ. ①事… Ⅱ. ①潘… ②韩… ③林… Ⅲ. ①中篇小说—中国—当代 Ⅳ. ①I247.5

中国国家版本馆CIP数据核字(2023)第070314号

“事儿妈”宋小娥

“SHI’ER MA” SONG XIAO’E

潘海琳　韩　冰　林　晨　著

责任编辑:肖化化　秦维佳　赵光明

责任校对:朱彦谚

封面设计:乐　翁

版式设计:何海林

绘　　图:王德莉　谭瑞欣　寇御风

重庆出版集团
重　庆　出　版　社　**出版**

重庆市南岸区南滨路162号1幢　邮编:400061　http://www.cqph.com

重庆豪森印务有限公司印刷

重庆出版集团图书发行有限公司发行

E-MAIL:fxchu@cqph.com　邮购电话:023-61520417

开本:880mm×1230mm　1/32　印张:6　字数:100千

2023年8月第1版　2023年8月第1次印刷

ISBN 978-7-229-17575-7

定价:28.00元

如有印装质量问题,请向本集团图书发行有限公司调换:023-61520678

致童年

亲爱的小朋友，你们好呀！

欢迎来到小“事儿妈”——宋小娥的童年世界！

首先，我要向大家隆重介绍我们故事的小主人公——宋小娥，她是一个天真活泼、好奇心重、正义感强，脾气有点儿倔的女孩儿。宋小娥从小在农村长大，六岁时被爸爸妈妈接回城市里生活。因为特别爱管“闲事儿”，不管认识不认识，不管跟自己有没有关系，只要她觉得是个“事儿”，就要管上一管，于是很快她就成了小区的名人，还被人称为“事儿妈”“惹事精”。

我为什么要写宋小娥的故事呢？因为呀，

我觉得小娥的年纪跟你们的差不多，也正处于天真无邪的时光，也对很多事情充满了好奇，也对宇宙万物充满了无穷无尽的想象，用一双清澈的眼睛时刻观察着这个世界……

通过宋小娥的故事，我想告诉你们的是：请永远保持你们的天真，永远保持你们的好奇，永远对这个世界有自己的观察和思考！

你们的朋友

潘海琳 韩冰 韦晨

目 录

CONTENTS

第一章

宋小娥进城啦

老五是六岁的宋小娥最喜欢的朋友。它多漂亮啊，眼睛大大的，睫毛长长的，眼珠子是深棕色的。每当它安安静静看着小娥的时候，小娥心都软了。老五沉默，从不会像其他伙伴那样大呼小叫、上蹿下跳，只是默默地陪着小娥，好像懂得她的每一点喜怒哀乐。很多个傍晚时分，夜幕轻轻降下来，小娥对爸爸妈妈的想念升起来，就会去牛栏找老五，抱抱它的大脑袋，它也会用头轻轻地蹭宋小娥的脸。牛栏里有牛屎和干稻草混杂在一起的臭味，但宋小娥觉得很好闻，那是一种温暖的气味，是老五给她的安定感。

老五是去年冬天南山村集体牛栏第五头出生的小牛，生出来叫小五，现在变成老五了。

可是老五不见了！

怎么会呢？小娥想不通，每天早上天不亮堂伯就牵它上山吃草，到中午肚子吃得圆鼓鼓地回来，然后就在牛栏里反复嚼吧，这么乖的牛，能去哪儿呢？大人们都上山去找了，小娥也不能对好朋友置之不理。

“大黄，这个是老五的草窝，你来闻闻！”草窝是宋小娥特地找来干稻草给老五堆起来的，这样躺地上肚皮不会冰凉。大黄很听话，凑过去闻了闻，然后抬头看宋小娥，拼命摇尾巴。

“行不行啊小娥，大黄这条傻狗，有那本事吗？”说话的是刘斌，宋小娥隔壁家的小哥哥，他曾经在清晨四点多把宋小娥拍醒，一起去放牛。老五走丢了，宋小娥第一反应就是喊他来帮忙。

“电视里演过的，狗鼻子可灵了，找牛肯定行。”宋小娥很有信心。

“小娥姐姐，吃番薯。”一只脏兮兮的小手捏着半个烤番薯递过来。这是刘斌的妹妹刘芬，永远的小跟屁虫，特别崇拜小娥姐姐，因为她觉得宋小娥总有很多好主意，就像今天吧，居然能想出让狗找牛的好主意！必须要讨好姐姐！

宋小娥咬了一大口番薯，特别有信心地喊了一声：“出发！”三个小屁孩和一只大黄狗，就嗷嗷跑到田野里去了。

南山村是夹在一条河与一道山梁之间的小村子。河水并不宽，清澈透亮，平常挺温和的，可到了雨季就会暴涨。小娥爸爸说自己小时候放学回来，正赶上涨水，只能把书包顶在头上，一步一步小心从石桥上挨过去。那个石桥隐没在水里了，只能靠脚丫子抠着上面的石缝，感受青苔滑溜和水流冲击，一点一点往前挪，“水深的地方都到我胸口了！”爸爸这样讲的时候，小娥比画了一下，可吓了一跳！爸爸好厉害呀！可现在这条河很安静，并没有看到老五的影子。老五很喜欢在水里泡着的，水牛就是这样的。唉，水牛啥都好，就是不像黄牛那么好说话，让骑背上。小娥每次想爬到老五背上，都被它扭脱了。

老五你去哪里了呢？

从河岸走过来，就是大片大片的责任田，小娥特别喜欢冬天就是因为冬天这些田里的水稻都收割了，整片土地就像一个敞开胸怀的人，累了、叹口气就躺在天底下歇着了。小娥常和刘斌刘芬他们在田里踩稻茬，几公分高的稻茬，踩起来咯吱咯吱响，特别过瘾。他们边踩边追在地里啄稻穗的鸡，害得奶奶站在田边跳着脚喊，真开心呀。可是，老五也不在田里。

“小娥姐姐，我脚痛，我们回去吧。”刘芬是小伙伴里最爱哼唧的。

“不许痛，快走！”刘斌可看不上他妹的这份娇气了，早知道就不带她出来了！

“姐姐抱。”宋小娥对刘芬很有耐心，姐姐应该照顾妹妹，而且老五还没找到，怎么能打退堂鼓呢？

六岁的宋小娥，把四岁的刘芬抱了起来，她们俩身高相差并不多，所以哪怕是抱起来，刘芬的脚也快拖地了，看着着实好笑，而且刘芬也并不舒服，于是抱了两步，她又要下来，不再哼唧，乖乖跟着走了。

田野走过去就是南山村，南山村再过去就是南山。牛栏是在南山脚下的，里面有吃饱的其他牛，就是没有老五。水里、田里、牛栏里都没有！傻大黄已经全然忘记了自己的使命，跟着三个小朋友到处转，乐得快发疯了。

“老五肯定在山上，我们去找它！”宋小娥笃定地说。

“奶奶说小孩子不能上南山的。”刘芬说，她没少在奶奶那里骗吃的，所以对奶奶的话很听得进。

“娇气鬼，你自己回家好了。”刘斌对这个妹妹一直很嫌弃，最不乐意带她玩。

“我告妈妈去，让她拿笤帚打你。”

“你敢告，我以后再也不带你出来玩。”

眼看兄妹两个说得急眼了，小娥有责任管管了：“我们不爬到南山山顶上。”

那走去哪里呢？

宋小娥给出的方案是从牛栏出发，走到半山的鱼塘就行。一方面因为这是每天放牛的必经之处，而且是一条直路，因为有几次跟去放牛的经验，宋小娥他们绝对不会忘记这条路；另一方面，鱼塘旁边有一块紫云英地，开满了紫红色的花，老五有时候会走过去嚼几口。那么老五有没有可能在那里？既然路程不远，不如出发去找找？奶奶问起来也没关系，反正没爬到山顶呀。

这个安排得到了大黄热烈的摇尾赞成，刘斌刘芬也很同意。小孩子也有社会，也有规则，而这个规则，就是听宋小娥的准没错！

这是一个仲春的上午，阳光照在南山的山梁上，好像给它抹了一条金边，没有照到太阳的地方，草木好像刚醒不久，长长地伸着懒腰，发出淡淡的甜味，透着一种欢乐的感觉。宋小娥带着三个小跟班，走在山路上。这是一条青草铺就的小路，路中间有人和牲畜踩出来露出地皮的一条线，沿着它就能一直爬上去。翻过山，就能到外面的枫岭头乡了，不过太远了，连小娥这么厉害的孩子，也走不动呢。

就在宋小娥他们一路蹦跶着找老五、摘野茶花吮吸花蜜的同时，王佳到了南山村。

王佳是宋小娥的妈妈，三十出头，和宋小娥的爸爸宋成是大学同学，一个学中文，一个学计算机，两个人都是初恋，一路走得甜甜蜜蜜，又磕磕巴巴。毕业之后两人竟然没分手，反而一起努力留在同一个城市，王佳去报社当了编辑，而宋成则成为了一个软件开发公司的程序员。宋成是农村家庭出来的孩子，王佳家里也就普通双职工家庭，要在城市里扎根不容易，工作了五年多，两个人拼拼凑凑好不容易攒足了房子的首付，从此成为房奴。

可是，终于有了自己的房子呀！过了半年，又有了宋小娥。宋小娥出生那天下了一点小雨，王佳一个人躺在空调太足的产房里观察，疼痛已经慢慢平复了，浑身又冷又乏，已经到了极限，但是精神上却高度亢奋，她拼命想感受女儿在哪里。刚出生的宋小娥被裹在被子里，就放在产床旁边的留置台上，她并没有发出婴儿该发出的啼哭声，而是安安静静的。王佳有些慌，好在医生很快进来了，告诉她，宋小娥很乖，在睁着眼睛东看西看呢。

王佳不知道该怎么喜欢女儿才好，这是她的宝贝啊，有时候看着小娥睡着的样子，整颗心又软又酸又疼，这个小女儿怎么那么好呢。可是到宋小娥六个月大断奶后，王佳还是把她送到了奶奶家。没有办法的，如果把老人接来照顾孩子，房子太小住不下；而雇保姆的话，一个保姆的工资和王佳的收入差不多高，还不那么让人放心；王佳或宋成也不可能辞职，两个人都是干事业的好时候，商量来商量去，还是决定把小娥送去宋成的妈妈家。

把宋小娥送到南山村那天，王佳哭得很伤心，宋成安慰她：“这是为了将来，这几年我们好好干，等条件好起来，我们再接回女儿！”

六年过去了，条件确实好起来了，王佳从助理编辑升为编辑，宋成也从程序员变成软件开发工程师，家里宽绰起来，是该接宋小娥回来了。小娥明年就要上小学，要早做安排。

小娥奶奶看见王佳来很是高兴，她拿儿媳妇当女儿看。昨天电话里知道王佳要来，老母鸡早就炖下了，屋子里现在是浓浓的肉香。她高高兴兴端出来："宋成加班来不了啊，那你把这母鸡都吃喽。"

"妈你也吃。"

"乡下有，这个特意给你炖的，小娥也说给妈妈吃，她不吃。"

"小娥呢？"

"跑出去玩了呗，她呀，天天吃饱饭就满村子玩，一会儿钻稻草，一会儿赶鸡，一会儿去隔壁帮忙，全村最爱管闲事的就是她，大家都叫她'村长'呢。"

说起孙女，奶奶又乐又停不下来。

王佳却慢慢皱起了眉毛。城里这么大的孩子，已经开始准备幼小衔接了。她跟几个同事打听过，幼小衔接很重要，孩子早一点掌握珠心算、硬笔、艺术课程，对于申请和适应小学生活是非常有用的，家长准备充分，孩子将来才不会吃力。看来这个时候接回小娥，真的太有必要了。

"妈，我这次来，想把小娥带回城。"

奶奶听见这句话，僵了一下。小娥从那么小的时候起就是她带的，每天晚上贴着她睡，那么柔软暖和的小肉团子呀，那么嘻嘻哈哈的小宝贝呀，就要回城了。但这是为孩子好，迟早的事。所以奶奶只是僵了一下，就想通了，她点点头：“是啊，是该回去啦。”她不免又有些忐忑：“小娥这些年跟着我散养着，有点野，城里规矩多，回头你们慢慢教她啊。”

王佳点点头，是啊，一个农村的野孩子，要适应城市，确实需要时间。她也觉察出奶奶的难过，正要安慰一下，这时，外面传来小孩子开心的大叫声：

“我妈妈来了！我妈妈来了！！！”

王佳站起身来，手里的筷子还没放下，一个小身影就冲了进来，直撞进她的怀里，力气之大，她被撞得退了一步。

怀里那个小东西抬起头来，嘻嘻笑着看她，眼睛亮晶晶的：

“妈妈！”

王佳眼睛立刻就湿了。这是她的女儿！

她的女儿宋小娥开心地对着跟进来的两个小孩一条狗大喊：“快看，我妈妈来了！”

王佳这才注意到，隔了一阵子不见，女儿黑了高了壮实了，头发乱七八糟的，小辫子摇摇欲坠，脖颈里还探出一根树枝——天啊，她不知道难受吗？王佳把树枝拿了出来，捧着女儿的脸要亲亲，凑近一看，嚯，这脸上还蹭了泥，手上也是，脚上也是，一只鞋的鞋带还全散了，沾了泥浆脏透了！

“妈妈，我找到老五了！”

小人儿得意地高喊邀功。王佳还没搞清楚老五是谁，就听见小娥一径地讲下去：“奶奶，妈妈，你们猜老五躲到哪里去了？伯伯他们都快翻过南山去了也没找到，是我，噢不是，是我们四个找到的！”

“对对对，小娥姐姐带我们去鱼塘了！”刘芬跳起来喊。

“鱼塘？”王佳吓了一跳，半山腰那个鱼塘，旁边都是陡坡，这几个小孩子怎么敢跑去那里！她狐疑地看了看奶奶，而奶奶则笑眯眯地看着宋小娥：“奶奶不是和你们说过，可不能去南山吗？”与其说是批评，奶奶的语气简直是表扬！

“小娥带着我们，没问题！”刘斌很自信地说。

“嗯，不过老五没在水塘里，它呀，躲在鱼塘后面的紫云英地里睡大觉！要不是大黄叫，我们还看不见它呢，全给树挡着啦。”宋小娥摸摸大黄的耳朵，大黄也骄傲地嗷嗷叫了两下。“我给老五说要乖一点，不许再乱跑了，今天我妈妈要来的，一会儿我带妈妈去牛栏看你。”

“小娥做得对，快去洗手，带大家吃饭。”

什么？奶奶说小娥做得对？王佳瞪大了眼睛，这才多大的孩子啊，哪能放任她去那些危险的地方瞎跑？而且那么多大人都找不到的牛，这几个小孩找到了？这几年宋小娥过的都是什么日子?！王佳在城市里长大，每次来南山村看孩子，也住不了几天，完全想不到是这样的情况。她努力平复了一下自己。

“小娥呀，妈妈今天来是带你回城，以后和爸爸妈妈住在一起，好不好？”

“好呀好呀！我要和爸爸妈妈在一起！”小娥很高兴，“我要带上奶奶，带上大黄，刘斌刘芬有爸爸妈妈的，就不带了，老五每天要吃草，妈妈，城里有草吗？有山吗？有水塘吗……”

“奶奶和大黄，还有老五，都不去呀。”奶奶打断了兴奋得说个没完的宋小娥。

“奶奶不去？”

“城里有高楼大厦，有游乐场，有小学校，还有很多很多好吃的，妈妈特地给你的小房间贴了 Hello Kitty 的墙纸呢。”王佳想到宋小娥接下来在自己身边的生活，也很高兴，却没留意到女儿皱起了眉头。

“可是奶奶不去，大黄也不去，那我……也不去。”她有点犹豫了，她一天也没离开过他们呀。

“那怎么行呢，”王佳蹲下来，把小娥的辫子拆散了重新编：“爸爸妈妈一直在等着小娥回家，我们商量好了，要带你去动物园看老虎狮子，带你去游乐场坐飞机，而且你明年七岁了，就该上小学啦。”

“妈妈，什么是小学？”小娥的头发被妈妈拽着，有几次扯得头痛，但她只是咧咧嘴，忍住了。

“就是有很多小朋友一起玩的地方，可以学到很多很多的知识。”

“知识是什么？”

“是……”王佳有点语塞。奶奶适时地解围：“小娥，吃了饭，奶奶给你收拾东西，你呢，去村里大家家里走一圈，告诉大家你要回城了，谢谢他们照顾。”

“好的，奶奶！”

六岁的宋小娥并不知道离别的具体含义，她笑哈哈地在饭后跑到村里经常去的邻居家，一个一个跟人家骄傲地宣布自己要回城了，以及城里很好玩等等好消息，获得了许多的拥抱、捏脸，兜里不是干枣冻米糖，就是花生瓜子，手里还满满的，几个姨姨还拎着土鸡蛋一路把她护送回来。王佳终于明白宋小娥这个“村长”的称号不是白来的，大家都打心眼儿里喜欢宋小娥，舍不得她。

最舍不得宋小娥的，当然是奶奶。

奶奶是个通达的老人，分别的时候她并没有过多地表达不舍，只是不停地摸宋小娥的脸蛋、头发，看都看不够地看她。宋小娥很真切地感受到了奶奶的心情，她小小的心里涌起了从未有过的悲伤，那么浓那么重，她忍不住抱着奶奶的脖子，嗷嗷哭了起来。奶奶已经说清楚了，自己离不开农村，而且要在家里照顾大黄老五它们，宋小娥多么希望可以把奶奶装在自己的口袋里，每一天都带在身边。可是不行，不行！

最后奶奶也哭了，可还是没有跟来，她带着大黄一直把王佳母女俩送过田野、小河、村口。来接的拖拉机突突突地响，宋小娥最爱坐拖拉机，可这回她顾不上了，她一直回头看奶奶的身影、南山村的样子，越来越远，直到再也看不见了。

宋小娥的心被一种看不见的，名字叫做忧愁的丝线缠住了，她一直默不作声，就算王佳逗她，也蔫不拉几的。直到火车开动，她的注意力终于被转移了。她的座位号是 13D，这是什么意思？妈妈告诉她，13 表示第几排，D 表示第几座，每一个人都有属于自己的座位，车票上都写着呢。虽然看不懂车票，但这是她宋小娥的！小娥紧紧攥着自己的车票，想着以后要给刘斌刘芬显摆，他们还没坐过火车呢，嗯，下次也带他们坐！大黄也会喜欢的！老五可能坐不了火车，它身子太大了，进不来呀！车上还有可以拉的窗帘！可以放倒的座位！可以挂衣服的小钩子！火车怎么这么好玩！

宋小娥刚坐下来，正忙着东摸西摸，就听见前座有人吵了起来。一个拖着行李箱的大姐姐正在试图让坐在 12D 上的伯伯起来："大叔，这是我的座位。"

"座位上刻你名字了？"

"我有车票呀，您看，12D。"

"这就是我的座儿！"

"那您是不是坐错车厢了呀？"

"你才坐错了呢！"

看着大姐姐急得快哭了，宋小娥觉得这事儿她得管管，奶奶说了，小朋友要友爱，不能吵架，小朋友都懂的道理，伯伯一定也懂的。于是她从 13D 探出身去：“伯伯，我妈妈说，每个人都有自己的座位的，你看，这是我的车票，3 车，13D，那你的车票呢？”

宋小娥肉肉的小手指点在自己的票上，却也好像点在了伯伯的脸上。他不由得恼怒了起来：“小孩插什么嘴，有你什么事儿！”

王佳本来觉得这事儿跟自己没关系，出门在外，多一事不如少一事，可没想到女儿被人呛了，不由得也提高了声音：“哎，怎么说话的你，你占座儿还有理了？”

周围几个乘客也看了过来，占座的男人多少有点没脸，于是说：“哎，小姑娘，我有座儿，跟你换一下行了吧，11 车的，呐，车票归你了。”他打裤兜里掏出一张车票，直接塞进女孩子的包里，然后手一抄，闭上眼睛，顾自打起了呼噜。

那个原本坐 3 车 12D 的姑娘没办法，只好拖着大大的行李箱，去找 11 车了，走的时候，她还冲宋小娥点点头，苦笑了一下。宋小娥很不高兴，又想给伯伯讲道理，刚叫了句“伯伯”，就被妈妈猛地拉回座位，她很不解：“可是妈妈……”，王佳把一块削好的苹果塞进她嘴里：“没有可是，吃你的苹果！”

火车加速离开农村，驶向城市。看着扒在窗子上兴奋朝外看的女儿，王佳心里很忐忑，一段未知而漫长的道路正在徐徐展开，她不知道自己能不能做好，可她必须做好。

第二章

给你毛毛虫

城市和农村真的有很多不一样啊！

城市房子又高，车子又多，河水不能下去踩，大树不能上去爬，人那么多，走路都很快，爱盯着手机看，个个都塞着耳机，让宋小娥有些不习惯。不过还好，她又多了一些新的朋友，小区里的保安叔叔、楼上的孙阿姨、楼道里碰到的李伯伯，宋小娥都要大声跟他们打招呼，不管人家回应什么，宋小娥都觉得很好，奶奶说，乡里乡亲的，要互相照应啊。

当然，宋小娥最喜欢和爸爸玩。因为女儿小时候不在自己身边，宋成对女儿总有一种愧疚感，所以不加班的时候，他必定要早早回家，给老婆女儿烧一锅红烧排骨，烧得又香又烂，筷子一夹，肉就和骨头分开，和着汁拌饭，女儿能吃两碗呢。吃完了，宋成就和小娥坐在地上看绘本、玩火车，哪怕是抱着在地板上互相胳肢，痒得哈哈笑，也是非常棒的游戏。

王佳在旁边洗碗，看着这一幕，心想：幸福就是这样的，她一定要让宋小娥幸福。

宋小娥插班上幼儿园的事，她也很快办妥了。

星期一早晨，天气特别好。太阳光亮晶晶的，像透明的玻璃洒在路面上，叮叮咚咚的，可开心了；树叶儿被小风吹得一摇一摇的，看起来心情也不错，都“唰啦唰啦”地唱起来了。宋小娥也跟着唱了两句。这样的天气，要是在南山村，宋小娥老早就跑出门找刘斌他们爬树、摸鱼去了，可是今天不行。今天是个大日子，宋小娥要上幼儿园了！

幼儿园新生宋小娥，今天被打扮得很好看：妈妈起了个大早，给她扎了两个羊角辫儿，这下把她的大眼睛从乱七八糟的自来卷里解放出来了，现在在小脸上眨巴眨巴的，随时都装着笑意，看见谁都把这笑意送出去——上幼儿园的路上，碰到了楼上孙阿姨，人家都没问呢，她主动跑过去：“孙阿姨，您吃早饭了吗？我吃啦，妈妈给我蒸了蛋羹，还洒香油了，特别好吃，您也试试吧。孙阿姨，我要去上学了，妈妈说上学要努力，孙阿姨您上班也要努力呀……”

孙阿姨一开始还搭两句话，后来只能求救地看着王佳，意思是快把这娃牵走吧。孙阿姨不爱聊天没有关系，保安叔叔爱呀，小娥在小区门口碰到保安叔叔后，又把蛋羹里要洒香油、保安叔叔要努力这番话热烈地说了一遍，最后是王佳受不了，扯着她跑掉才罢休。

是的，进城没几天，宋小娥已经和小区里的大人小孩混开了，虽然没有人再开玩笑叫她“村长”了，可再这么跟人热络下去，成为小区的“区长”也是有可能的吧！

快到幼儿园的时候，宋小娥忽然想起来自己应该是不高兴的：这太值得不高兴了！她黑白分明的大眼睛瞪得圆溜溜，嘴上都快挂葫芦了。

王佳其实挺紧张的，她的心情很复杂，今天她仿佛是把自己最重要的宝贝托付给世界，她希望世界可以好好对待这个宝贝；她又担心这个农村长大的小丫头被城里孩子看不起，被欺负——嗐，谁欺负谁还真不知道呢。王佳想起女儿的个性，又忍不住笑。带着这样复杂的温柔，她看着已经跑到自己前面的女儿，只见她甩着瘦瘦的小肩膀，小手一左一右地摆动，早上好不容易给她扎上的两个小羊角辫都快被她晃散了。“这哪像个女孩子哟。”王佳跑前两步追上小娥，逗她：“小娥，怎么生气啦？是不是害怕上幼儿园，不想跟妈妈分开呀？没事的，妈妈下午早早来接你。你在幼儿园乖乖听老师的话，好好和小朋友玩，妈妈给你买好吃的小蛋糕，好不好？”

小娥伸手去牵妈妈，仰起头，想再次确认一下：“妈妈，幼儿园的树，真不能爬吗？”——是啊，宋小娥怎么会因为和妈妈分离而哭闹呢？堂堂南山村“村长”，怎么会害怕上幼儿园呢？她也不是因为要听老师的话、要遵守规矩而担心，她觉得自己当然是个好孩子，她还想好了，如果哪个小朋友哭了、尿了，自己是一定会去帮忙的，宋小娥是棒棒的宋小娥呢。

让她一直气鼓鼓的原因，就是早上出门前，爸爸特意告诉她说幼儿园的树是不能爬的！

打从妈妈带着她去报名那天起，宋小娥就看中了幼儿园院子里那棵大树了！可是，一棵树，明明长得那么高，那么多枝丫，居然不给爬？那还配叫树吗？南山村的哪棵树不是宋小娥的好朋友，所以幼儿园一定是不好玩的地方！

王佳手心里握着宋小娥软乎乎的小手，却不知道宋小娥心里装着事儿，顾自严肃地再次确定：“小娥听话，树不能爬，多吃饭多听老师话！”

宋小娥有点难过，低下头看自己的园鞋，小白球鞋上被妈妈用蓝色的线缝了三个字母“SXE”，这样就不会和其他小朋友的弄混了。这是她名字的拼音首字母，妈妈昨晚上还教了她半天拼音。妈妈多爱自己呀，宋小娥也该爱妈妈，别让她生气！

宋小娥也很快就不生气了，因为她看见坐在幼儿园门口的白大褂阿姨，在笑眯眯地检查每个小朋友的手和嘴巴，大家像小鸟一样站在她的跟前拼命张大嘴巴——这太好玩了，宋小娥也很想穿白大褂呢。

说不定，幼儿园也挺好玩的呢？宋小娥想。

“妈妈再见！”

她很着急地和妈妈告别，手在身后随便挥了两下，连头也没回，就背着小书包往白大褂阿姨那边儿凑。王佳还想再交代几句，可是看着女儿小小的身影毫不留恋地跑开，不免呆呆地站了一会儿：所有的爱里，只有父母的爱才是指向分离的呀，很快，这个热乎乎的叽叽喳喳的小姑娘会有她自己的生活的。“我还没对她说我爱你呢”，王佳有点鼻酸。可是她的这点多愁善感即将被自己下午的怒吼冲击得荡然无存，这谁又能想得到呢？

宋小娥在“向日葵”班，她很满意这个名字，奶奶家地里每年都种向日葵，开花的时候整片地都金灿灿的，每一根秆上都顶着一颗花盘盘，整天仰天看，骄傲不理人，好孩子可不能骄傲。奶奶还带她看过向日葵转头，宋小娥觉得这是最神奇的事，向日葵怎么那么聪明呢？她也模仿过向日葵转头，没一会儿就被太阳晒晕了。还有，奶奶炒的葵花籽，可香啦。宋小娥快要憋不住笑出声来了，一定要记得，下次给奶奶打电话的时候，让她炒一点瓜子！要五香的！

她边想边笑边咽口水，忍不住手舞足蹈起来。“宋小娥你在干什么呀？”旁边的小姑娘怯生生地开口问。对了，这是宋小娥入园半小时后成功结交的第一个好朋友，她太有意思了，宋小娥从没见过这样的女孩子。南山村的小伙伴们都跟着自己在田野里疯跑，一个个晒得黑黢黢，笑起来嘎嘎响。奶奶说，这些猴孩子，晚上不龇牙可一个都看不清！可这个小女孩，穿着漂亮的公主裙，白白的皮肤大眼睛，说起话来声音轻轻细细的，像小鸟在啾啾叫，听了半天才听清，她叫“赵子琪”。宋小娥觉得自己都不敢大口喘气，怕把子琪给吹跑了。她笑哈哈地说：“子琪，你爱吃葵花籽吗?”子琪没吭声，害羞地低下头去，两只小手搓着衣角，轻轻地点了下头。对呀！谁能拒绝香喷喷的葵花籽呢？小娥觉得赵子琪简直就像奶奶蒸的那种小糖糕嘛！一样都是白白软软香香的。她看了看子琪的公主裙，又看了看自己穿的花长裤，有一点点后悔没听妈妈的话，换上那条妈妈特意为她开学买的红裙子。但这个不重要，重要的是宋小娥很满意她的新朋友，决定要保护这个软乎乎的像小鸟一样的赵子琪。

因为昊昊很坏。

昊昊肯定很坏啊，从他的大脑袋和滴溜溜乱转的圆眼睛就能看出来了，当然主要是他欺负赵子琪。

吃点心的时候，昊昊背着手悄悄跑过来：“子琪，子琪，来，我给你看个好东西。”

宋小娥也很想看呢，可是子琪拉着小娥的衣角直往后退，悄悄凑在小娥的耳朵边上告状，小嘴巴呼出来的热气让小娥一阵痒痒：“昊昊是骗人的，他就住我隔壁，老欺负我的。”

昊昊晃着大脑袋，指天画地地发誓说：“这次我绝对不骗你！骗人你是小狗！”子琪并没意识到这是个陷阱，被昊昊猛然从背后抖出来的东西吓了一大跳，那是一只绿色的大毛——毛——虫！毛毛虫随着昊昊的动作疯狂扭动着，就要凑到子琪的脸上来！赵子琪从小到大最怕这些小虫子了，妈妈还警告过她毛毛虫身上的毛会让脸烂掉的！子琪毫无退路地哭了起来。昊昊则大笑起来："噢噢噢，赵子琪是小狗喽！哈哈哈哈哈。"

听说自己要变小狗，赵子琪更伤心了："我不要我不要！你走开！"

昊昊是个大坏蛋！前南山村"村长"宋小娥可不容许这种欺负人的事情在自己眼前发生，她立刻挡在子琪面前，伸手推了一把昊昊："不许欺负子琪！"昊昊正笑得高兴呢，被猛地一下推倒在地上了。这关宋小娥什么事情哦，昊昊愤怒了："宋小娥，你推我干吗!！乡巴佬！宋小娥，你是黑炭头！"

宋小娥并不在意什么乡巴佬和黑炭头，但她知道取外号是不对的，她要给昊昊讲道理。多少南山村的小朋友都是和宋小娥打完以后，被宋小娥摁着讲过道理，从此心服口服成为好朋友的。宋小娥可知道很多道理呢，这些都不是问题。可昊昊又说："子琪就是胆小鬼，我给她看的毛毛虫是假的，你们这些女孩子都是胆小鬼！最没用了，呸！”——这不是胡说么？奶奶说过的，女孩子跟男孩子是一样的！谁都不能因为她是女孩子就小看她。奶奶聪明还是昊昊聪明？那肯定是最爱的奶奶呀！

看来讲道理行动得缓一缓，当务之急是先让昊昊吃点教训。

宋小娥想起了院子里那棵不能爬的树，早上进园的时候她仔细看过的，有幼儿园三楼那么高，从树叶上垂下来一些小东西，像棕色的包裹。这叫“吊死鬼”，南山村可多了，其实是软软的小虫子拿树皮做成的窝，它们自己躲在里面，再吐根丝垂下来，宋小娥从前没少掰开来看。反正老师在收拾餐具，宋小娥飞快地跑出去，抱着树干几下就爬到最矮的树杈上，一口气摘了一把“吊死鬼”，装在衣服兜兜里跑回来。“幸亏没穿裙子呀！”她想。

女孩子是胆小鬼吗？

宋小娥“噔噔噔”跑到昊昊面前，把兜里那一把虫子都掏出来，“啪”地全放在昊昊手上：“昊昊你不是喜欢毛毛虫吗？给你！给你！都给你！”“吊死鬼”在昊昊的小手掌上，有的一动不动，有的慢吞吞地探出个虫头，努力蠕动起来。昊昊低头呆呆地看了两秒钟，猛地爆发出一阵鬼叫：“老师救命呀！虫子钻到我衣服里了！我要被咬死啦！”他开始满教室地转圈跑，边跑边哭叫，鼻涕眼泪糊了一脸，可怜极了，“小霸王”原来也怕虫子啊。老师们也围了过来。

子琪终于笑啦。她转动着公主裙，一笑露出俩酒窝，真的很像小仙女。

宋小娥也笑了，她的小羊角辫已经完全散开了，耷拉在她黑黑的脸上，她提了提她的花裤子，跑过去拉着子琪的手说：“哼，我们女孩子是有用的呢，以后我不准昊昊欺负你。”

阳光照在两个小姑娘的笑脸上，又亮又暖，还有什么比这更美的呢？

宋小娥是个好孩子，当然是的。

王佳上了一天班，在各种忙乱里还忍不住挂念宋小娥：在学校吃饱了没有、午睡了吗、和大家相处得怎么样……好不容易挨到下班，绕路到小娥最爱的蛋糕店，隆重地买了一块小蛋糕，白白的奶油，上面缀了一颗小小的红樱桃，真漂亮。嗯，毕竟是上幼儿园的第一天呢，应该庆祝一下的。她很满意，想象了一下宋小娥看见蛋糕时惊喜的表情，巴不得跑着去幼儿园。

可很快她就高兴不起来了。

王佳到幼儿园的时候，小朋友们都走得差不多了。宋小娥手叉腰背对窗户站着，老师蹲在她面前，拉着她的手慢慢说着“可打架也不对呀”“爬树多危险呀”之类的话。老师并没有批评小娥，还私下跟王佳表扬了小娥有正义感的行为，但还是希望她回家能跟小娥说说以后别欺负男同学，最后还说了一句：“小娥啊，是个特别有能力的孩子，今天上课上到一半，竟然把班级里的孩子都带出去看蚂蚁搬家了。”

特别有能力？

老师是不是话里有话？是不是责怪小娥太不守规矩？是不是小娥让她生气了？自己的反应正确吗？刚才的道歉在不在点上？王佳脑子里盘旋的净是这些念头，手里的蛋糕竟忘记给小娥了，只是木呆呆地领着孩子出门了。宋小娥并不知道妈妈的脑袋里已经世界大战了，她觉得幼儿园的第一天很好很成功，明天她要早点来，因为她听到猫叫，搞不好幼儿园里有猫呢。而且她很快被前面走着的老爷爷吸引了。

老爷爷很老很老，反正比奶奶老，因为他弓着腰，拄着拐杖在一点一点地向前探着。小娥一下子搞不明白老爷爷究竟哪里有意思，于是跟在爷爷屁股后头，学着他的脚步也一点一点向前探。一老一小，一前一后，一模一样地走着。等到王佳反应过来的时候，她不由得大惊失色——宋小娥你学人家走路太不礼貌了！可还没等她喊出来，宋小娥倒大喊出来了：“哈哈哈，爷爷，我知道了！”

这一嗓子，把爷爷吓得转过身来，宋小娥跑前两步，把自己的小手搭在爷爷拄拐杖的手上，乐呵呵地说：“爷爷，你好厉害呀！你是不是在用拐杖给我幼儿园的歌打拍子呀？”这句没头没脑的话，让王佳大窘，赶紧要道歉，可爷爷听明白了，也忍不住笑出声来——是呀，爷爷的拐杖落点，真的每一下都落在幼儿园放学音乐的节拍上！年老腿弱，原来也可以是一件有意思的事情呢。

和笑眯眯的老爷爷告别后，小娥和妈妈搭公交车回家。王佳憋了一路的话终于可以在车上进行了：“小娥啊，你怎么能在幼儿园里和小朋友闹脾气呢？”

小娥还是挺高兴的：“因为我棒呀，昊昊欺负子琪，我要跟他讲道理的。”

可王佳不这么看：“昊昊欺负子琪，你可以跟老师报告，让老师去教育他，你管什么闲事？”小娥摇摇头：“这不是管闲事，子琪是我的好朋友！而且，昊昊后来跟我们道歉了，我们已经和好了！现在我们三个都是好朋友！”午睡起来老师重新给扎的羊角辫岌岌可危，正随着小娥摇头晃脑的动作前后跳着，快把王佳的耐心跳没了。她伸手把皮筋扯了下来，宋小娥被扯得龇牙咧嘴。

王佳用手指一下一下地给小娥梳着头发，心里想起老话说头发硬的人，脾气也硬，可宋小娥的头发明明软软的，怎么是这样一个倔脾气呢？她觉得不能由着宋小娥，上学第一天就捅这么大娄子，以后还得了？她抬高了一点音量：“反正以后不许和小朋友打架，尤其不许去爬树，听到没有？女孩子要有女孩子的样子，你看看赵子琪，多乖，你学着点儿。还有，以后不许和陌生人乱搭话，让妈妈省点儿心，行不行？”

宋小娥一直笑嘻嘻地看着窗外，她很喜欢坐车的时候树木和房屋从车窗前掠过的景象，这就叫“兜风”，小朋友都喜欢兜风的。她随口应着妈妈好的好的，下车的时候，还跑到公交车司机跟前，大声跟人家说："司机叔叔，你开的车真好呀，你可以当我的好朋友吗？以后你有空，去我家做客吧！"公交车司机可能从没听过这样的要求，不由得愣了一下。他愣的这一下，王佳尴尬得想立刻在全车人面前消失，她立刻拽着宋小娥下车走了，没注意到司机悄悄笑了起来。

第三章

小娥你是恶霸吗

宋成这一天都有点心神不宁。他搞不清楚自己到底怎么了。抬头看看窗外，天气挺好啊：温度适宜，风和日丽。工作嘛，也和往常一样多，一切并没有什么不同。那是怎么了呢？他一边消化这种有点不寻常的情绪，一边急匆匆地抓起包来准备下班。

“哟，今天不加班啊？”出了电梯，四十多岁的保安大哥热情地招呼他。自从有一次宋成给了他一袋妈妈从老家寄来的牛肉干，这位大哥就变得更加亲切健谈了。宋成想，他大概也挺寂寞，于是随口答应：“也不能天天加班啊，今天回家陪女儿吃饭！”“这就对了，工作什么时候都做不完，还是要抽时间多陪陪家里人，到了我这个年纪呀……”宋成跑出写字楼大门，好像还能听到保安大哥在后面发着“家庭啊身体啊工作啊”的感慨。这个写字楼里有上千个像宋成一样的年轻人，他们的生活常态就是加班。

宋成今天可不加班。他想起来了，今天一天坐立不安，就是担心小娥啊！他的小女儿，今天第一次去上幼儿园。“这可是值得庆祝的大事！”他一边洗菜一边想，这时听到走廊里传来小娥脆生生的一句：“李伯伯，你好呀！”随后，门开了，小娥蹦蹦跳跳地跑进来：“爸爸！我们回来了！幼儿园真好！我明天还要去！”

“哼，谁说小孩子第一天去幼儿园肯定哭得稀里哗啦，看看我家小娥！”他美滋滋地想着，回头就看见老婆一脸的无奈，不由得心里咯噔一下。他一边甩着手上的水，一边小心翼翼地试探着问：“小娥，今天上幼儿园好玩吗？”小娥像小鸡啄米一样点着头，两条羊角辫子一颠一颠地在头上跳起舞来：“好玩！爸爸，幼儿园院子里那棵树，有那——么——大！比奶奶家院子里的树还大呢！上面还有毛毛虫！”“真的？还有毛毛虫呢？”

干佳看着这一大一小讲起毛毛虫就没完没了，心里有点无奈，也有点好笑——她大声问：“别说毛毛虫了，今晚吃什么？”

“红烧排骨！”父女俩齐声喊了出来，又叽叽咯咯笑成一团。小娥拉着爸爸的衣角，迫不及待地想告诉他，自己在幼儿园认识了新朋友，新朋友香香软软的，太可爱了！宋成呢，他就像天下所有的傻爸爸一样，笑眯眯地听着，不时捧场地发出“啊！这么厉害？”“真的呀？”之类的感慨。王佳把本来想说的话咽了回去。她想，晚上睡觉的时候再跟宋成详细说说他女儿今天大闹幼儿园，还弄哭了男同学的“风采”。现在嘛，一家人坐下好好吃顿饭吧，小娥也饿了。

隔着几栋楼，昊昊家里的气氛，可就没这么欢乐了。

昊昊爸爸李成龙，是个小有名气的川菜厨师，做的菜是鲜香麻辣地道川味，人却是个白胖胖的慢性子，像个刚出锅的大馒头，平时总是笑眯眯，和和气气的。他老婆胡美美，是一家小贸易公司的会计，妖娆美丽，却是个爆炭性子。两人当初相识，就是在便利店为了抢最后一盒牛奶，胡美美狠狠地用高跟鞋跺了李成龙一脚。这一脚就跺进了李成龙的心坎里：这个小个子火爆姑娘简直就像是最辣的朝天椒，过瘾！别看李成龙脾气好，他却有个执念：他的儿子必须要做个男子汉！你要问他，那什么才是真正的男子汉呢？他八成要瞪大那双本来就很大的眼睛，粗着嗓子来一句：“男子汉嘛，就是要硬气！”然后在心里悄悄补一句：“起码要像我家婆娘那样。”所以，今天看到昊昊从幼儿园哭着回来，再一问，是被女同学用毛毛虫给吓哭的！简直把他气坏了——男子汉哪能动不动就哭哭啼啼的？还怕毛毛虫！这还得了？

李成龙摸着自己胖胖的肚子，恨铁不成钢地数落着儿子：“老爸对你没别的要求，就希望你做个男子汉！你看看你这个出息，还怕毛毛虫？连个小姑娘都能把你吓哭了，今天晚饭不许吃肉了！”——什么！不能吃肉了！这简直太过分了！那么一大碗奶奶做的咸烧白[①]，都不能吃了！昊昊哇的一声就哭了，爸爸太讨厌了！为什么他要当男子汉，男子汉又为什么不能怕毛毛虫？他不懂。

昊昊妈胡美美从幼儿园回来的路上就开始生气，现在就更生气了！她竖起画得弯弯细细的两条眉毛，冲着李成龙毫不客气：“李大胖，你什么意思？我儿子怎么不是男子汉了？这事儿能怪昊昊吗？这都得怪宋小娥那个野丫头！”

有点“烂耳朵”[②]的李大胖，一见老婆的眉毛竖起

① 川渝地区传统菜肴。

② 川渝和西南地区独有方言，指“怕老婆”的男人。

来了，就条件反射地把声音都放轻了：“你不要不讲道理，这怎么能怪宋小娥呢？我听说是昊昊先吓唬隔壁子琪的……”胡美美更生气了：“胡说！明明是宋小娥欺负人！老师还不批评她，还向着她！哼，年轻老师就是不牢靠！我不好跟老师吵架，那也得跟宋小娥家长把话讲清楚！昊昊来，妈带你上他们家，找他们评评理！”昊昊可不想去，他还惦记着那一碗咸烧白呢，等会儿凉了可就不好吃了！可是他妈手劲儿真不小，拽着他直接冲出了门，他爸都没来得及拦。

“叮咚叮咚”，门铃声赶着趟响了起来，可见按门铃的人有多着急。“这是谁呀？”宋成嘀咕着放下筷子去开门。门外的女人牵着个胖小子，气吁吁地问：“这是宋小娥家吗？”王佳站起来，笑着迎出来：“昊昊妈来了，还有昊昊哇？快进来！快进来！你们这就吃好饭了？”胡美美矜持地把散下来的一缕头发塞回耳后，正要拿着腔调说一句吃过了，就听见自己儿子这个小没出息的大声说：“阿姨好！我还没吃饭！我妈说要来找你们评评理！”哎哟，这个傻小子可把胡美美气得够呛，她差点就想照着他小胖胳膊上的软肉掐下去了。就在这个尴尬的时候，宋小娥举着块排骨从她爸腿边挤过来，热情地说：“昊昊，你快尝尝我爸爸做的排骨，可香了！”

昊昊现在觉得，他妈带着他来宋小娥家“评评理”这个决定可真太英明了！瞧瞧，现在他面前摆着一大碗白米饭，还浇了一大勺排骨汤呢！他塞了一大口饭，用力地咀嚼着，完全忘了家里那一碗吃不上的咸烧白。唔，真香！

安顿好俩孩子，三个大人不尴不尬地坐在了客厅里。胡美美从下午开始积攒的斗志，现在被儿子打散了一大半——那小子抱着别人家的饭碗吃得正香，这让她还怎么兴师问罪？

王佳没理会宋成递过来的疑惑眼神，轻轻咳嗽了一声，她决定自己先开口：“昊昊妈妈，今天用毛毛虫吓唬昊昊这事儿，我们小娥做得不对。刚才回来的路上，我已经批评过她了，她也知道自己错了。小娥，快给昊昊道歉！”餐桌边的小娥，咬着块排骨歪头不解地问：“我为什么要道歉？我又没做错，是他欺负子琪呀！是不是，昊昊？”昊昊的嘴巴被排骨塞得鼓鼓的，听了小娥的话，也忙不迭点了点头，表示道歉什么的，不重要呀！

胡美美眉毛一拧："小娥妈，她这是认识错误的态度吗？当着我的面就这么威胁我家昊昊！"王佳也有点生气了："小娥！回家路上妈妈怎么跟你讲的？快点跟昊昊道歉！"昊昊终于把嘴里的排骨咽下去，跳下椅子跑过来拉着妈妈的手，开心地说："妈妈，我下午用假毛毛虫把子琪吓哭了，小娥就用真的吓唬我，她说这样才公平！我觉得她说得有道理，我们就和好啦。小娥说以后要带我去看她家里的老五！妈妈你知道吗，老五是头牛欸！"胡美美低头看着自己儿子红扑扑的胖脸蛋，觉得他简直就是个小叛徒！

宋成觉得作为一家之主，他很有义务要说两句话来缓解一下眼下的尴尬："昊昊妈，小孩子就这样，今天打明天好，我觉得咱们大人也不用太紧张，你说对吧？"

胡美美眼看着盟友倒戈，今晚这个战役是无法取得胜利了，但是该说的话她还是要说："我听说小娥是在乡下长大的？"王佳点点头："我和宋成前两年太忙，小娥从小跟着奶奶住在老家。"胡美美一挑眉："那就难怪了。我这人说话直，你们别不爱听，城里可不比乡下，规矩多。孩子现在还小，就得认真教。这次就算了，当我们昊昊倒霉吧。我也确实不能跟孩子一般见识，对吧？昊昊我们走！”昊昊其实还想再玩会儿呢，宋小娥多有意思啊，她和幼儿园里其他的女同学一点都不一样：“妈妈妈妈！我们再待会儿吧？小娥答应明天教我爬树了！她太厉害了！”

宋成没忍住，“噗”一声笑了出来。胡美美脸都涨红了，狠狠地瞪了昊昊一眼，没好气地说：“爬什么树？野孩子才爬树，摔下来怎么办？”抓着昊昊往外走的时候，她决定，这次必须和丈夫达成一致，得好好教训教训自家这个傻小子了。

送走了胡美美，王佳叫住了正要给仙人球浇水的小娥：“小娥，明天不许教昊昊学爬树！你自己也不许爬！”小娥很疑惑：“为什么啊？那棵树可好爬了！我已经答应昊昊了呀，奶奶说，答应别人的事情要做到！”王佳觉得自己的耐心就像大太阳底下的冰块，一点一点地融化掉了。她把声音提了起来：“妈妈说不许就不许！你没听昊昊妈妈刚才说，野孩子才爬树吗？”小娥皱了皱小眉毛，不解地问：“野孩子不好吗？我以前每天都爬树的！”

眼见母女俩就要吵起来了，宋成赶忙过来息事宁人：“小娥，爸爸放《巴啦啦小魔仙》给你看吧？”小娥马上就忘了野孩子的事了，还是动画片好看呀！

看着快活的小娥，妈妈有点发愁。她小声详详细细地跟爸爸讲了小娥这一天在幼儿园惹出的风波，爸爸倒是觉得都没啥大不了：“赵子琪，就是小娥说的那个香香软软的新朋友吧？住16号楼那个小姑娘？那我觉得小娥没做错啊！我女儿还挺有侠义心肠的！”

“宋成！你搞搞清楚！你女儿上学第一天就把男同学给吓哭了。刚才人家家长找上门来，就差指着鼻子说我们不会教孩子了！”

“小孩子不都这样？吵了好，好了吵，你看昊昊刚才都舍不得走了。”

“好，就算和同学打闹不算什么。那上课总还要讲规矩吧？我刚才去接她，老师跟我说，小娥上课上到一半，带着全班同学跑到院子里去，说要看蚂蚁搬家！我当时多尴尬！”

“这也……没什么吧。这说明小娥好奇心强，说不定以后能当科学家呢！”

王佳叹了口气：“我后悔了，应该早点把小娥带回来的。”宋成不以为然：“早几年条件不允许啊，再说，我觉得我妈把小娥教得挺好的啊，热情大方，有正义感。”王佳哭笑不得地说：“是热情大方，你不知道你女儿在小区里已经出名了吗？上学放学一路上孙阿姨、李伯伯、公交司机叔叔……就没有她不认识的人。这是城市里，不是你们老家的小村子，她这么对陌生人一点戒心都没有，怎么行呢？她还有一年就上小学了，别人家的小孩都开始学英语、学珠心算，这孩子还整天只知道爬树抓虫子，什么都不懂。这不就是要输在起跑线上了吗？”

宋成没吭声，他觉得老婆有点过于焦虑了，人生又不是赛跑，哪儿有什么起跑线？但现在可不是开辩论会的好时机，为了家庭和睦，他决定什么也不说，出去扔个垃圾，顺便抽支烟。

王佳看着宋成的背影，觉得很无奈。

晚风轻轻地吹着，夜来香的味道悄悄穿过窗帘，飘到了小琪家里。这是一个跃层的大套型，美式乡村风的装修，一楼挑高大厅的顶上，装着一个巨大的、亮晶晶的水晶灯。小娥要是来了，准要惊讶得把嘴巴张成一个小圆圈了。

子琪细白的皮肤和秀丽的眉眼就是遗传了妈妈周婉玲。赵太太周婉玲，大学一毕业就嫁给了赵宇，当起了全职太太。丈夫常年出差，她的生活就全是围绕着女儿，她想把子琪培养成一个“真正的淑女”。子琪也搞不懂淑女是什么，但她想长大后像妈妈一样，因为妈妈比所有同学的妈妈都好看！子琪每周要上很多课：跳舞、马术、钢琴、礼仪。每次她哭着说累的时候，妈妈就告诉她，淑女就要从小培养。

现在，子琪正在试穿爸爸寄回来的公主裙，雪白的蓬蓬裙精致漂亮，就是有点短了。爸爸太久没回来，不知道子琪已经长高了。子琪翘起小嘴巴，扯着裙摆说自己明天想和小娥一样穿裤子去幼儿园，因为穿裙子不方便爬树！小娥说了，那棵树那么大，不爬太可惜了，小娥要带她去树上坐坐！——对，小娥已经决定把那棵树当成自己的秘密基地了。

这可把周婉玲给吓了好大一跳：自己家乖乖巧巧的女儿怎么就想到要爬树了呢，肯定是被那个乡下来的野丫头带坏了！子琪没注意妈妈的表情，还在兴奋地说：“妈妈，小娥可真棒，她把昊昊都吓哭了！她说以后她来保护我，昊昊就不敢再欺负我了！从今以后，小娥就是我最好的朋友了！”周婉玲把女儿揽在怀里，轻声说：“昊昊总欺负你吗？子琪，以后在幼儿园里有人欺负你的话，你要告诉老师，也要告诉妈妈。”子琪歪着头咬着嘴唇，唇边的两个小梨涡冒了出来，她想了一下，先点点头，又摇摇头：“昊昊有时候爱吓唬我，可是他也会给我好吃的糖果。培培姐姐说，他是喜欢我但是又不会表达才这样的，培培姐姐已经批评他了，昊昊说以后不会再这样了。昊昊是好孩子，他是我的朋友。”

周婉玲不知道哪儿又出来个培培姐姐，子琪软软地偎在妈妈怀里说：“幼儿园这学期新来的姚培培老师可好了，她跟小朋友们说要把她当作大姐姐，就叫她培培姐姐。大家都好喜欢培培姐姐，因为培培姐姐不像别的老师，培培姐姐特别爱笑，还很有趣呢！”周婉玲听着女儿一口一个培培姐姐，心里有点不以为然，老师就要有老师的样子，就好像，女孩子就得有女孩子的样子，要是都像宋小娥——想到今天在幼儿园看到的小娥，乱糟糟要掉不掉的小辫子，黑黑的小脸蛋，周婉玲嫌弃地撇了撇嘴角：“子琪，以后在幼儿园里躲着点昊昊，也别跟那个宋小娥在一起，更不能爬树！

听到没有？”子琪扭过身子，不解地看着妈妈，她不明白妈妈为什么不喜欢自己的朋友。周婉玲不想在孩子面前说太多，只是又嘱咐了一遍，离昊昊远点，也别和小娥玩。然后，她兴致勃勃地拿着这学期最新的课程表跟子琪说：“钢琴老师打电话说子琪最近很有进步，子琪你要坚持哦，等爸爸回来要表演给爸爸看。还有，下星期珠算课也要开始了，子琪你要努力啊！”

子琪默默低下头，那对小梨涡消失不见了。她第一次觉得，妈妈说的话不对。小娥明明那么好，她把欺负自己的昊昊赶跑了，还拉着她的手带她去看小花，为什么就不能跟小娥玩？她想告诉妈妈，自己不想上那么多课外班，她想和小娥去爬树，去摘花，去奶奶家看老五，嗯，哪怕带上昊昊一起也可以。可是，看了看妈妈温柔的眼睛，子琪最后还是什么也没说，只是把脸埋进了那个香香的怀抱里。

九点半，小区广场上跳舞的阿姨奶奶们都回家去了，各家牵出来溜达的小狗们也都回去了。池塘里的青蛙倒还“咕呱咕呱”叫唤得起劲儿。宋成总嫌青蛙太吵了，小娥可挺喜欢靠在窗边听，这儿的青蛙叫起来和奶奶家那边的不一样！“这是不是班上小朋友说的

‘口音’啊？”她问妈妈。妈妈摸着她的小辫子说她是小傻瓜。哼，她才不傻，奶奶说她鬼精着呢。她知道那些同学有点看不起她，但是她一直记着奶奶的话：随便笑话别人是不对的。培培姐姐也说她的口音很可爱呢！宋小娥皱了皱小鼻子，神气地想：我没做错事，是他们错了。但是我才不会和那些幼稚的小朋友计较呢！反正以后他们都会喜欢我的！她可是个自信的小姑娘。啊！妈妈在催她洗脸刷牙了，要抓紧！要有时间观念！小娥悄悄做了个鬼脸，楼下的青蛙都没睡觉，为什么她要睡觉呢？

王佳看着小娥蹦蹦跳跳的背影，无奈地摇摇头。第一天上幼儿园的日子就这么兵荒马乱地结束了，虽然有点小波折，但是结果还好，以后肯定会更好！她一边想着，一边拉开小娥的小书包。“哗”的一下，从里面掉出来好些东西：碎布头、小纽扣、纸巾筒，还有几截干树枝，还有一个小纸包，包了些不知道什么的种子。王佳愣住了，这都是什么呀？

宋成看了看她的脸色，赶忙抢先大声问：“小娥，你在书包里放了什么宝贝啊？”小娥啪嗒啪嗒跑出来，欢快地一个一个摆弄着解释说：“今天上课的时候，培培姐姐给我们讲垃圾分类了！这些都是干垃圾！对不对爸爸？这个种子是李奶奶给我的，我们要比赛谁种的花先开！”王佳觉得自己都没力气生气了：“不管干垃圾湿垃圾，反正都是垃圾，妈妈帮你扔掉，你赶紧睡觉，明天还要去上学！”小娥当然不能让妈妈扔掉自己辛苦收集的宝贝，母女俩瞪着形状差不多的杏核眼隔着书包对峙起来。宋成打圆场，哄着小娥进了房间，又帮她把小书包塞到床底下，再三保证绝对不会趁她睡着就把书包丢掉，这才回到客厅去安抚正在生气的老婆。

王佳有些郁闷：“你就这么惯着她，倒显得我像是个坏妈妈。”宋成赶忙说家里就是要有一个唱红脸的一个唱白脸的嘛，这可是专家说的。哪个专家？那谁记得住呢。倒是小娥刚才一直念叨的李奶奶是谁呀？你说这个孩子她怎么认识这么多人呢？

时间一格一格往前走，夜渐渐深了，爸爸也终于弄明白了，李奶奶就是楼上李伯伯的妈妈，李伯伯呢，就是那个住在楼上的，眉毛很浓、看起来很严肃的邻居，小娥跟他打招呼他从来都不理的。好了，大人们也该睡觉了。明天又是新的一天，又会有什么新的故事会发生呢？

第四章

子琪是个乖孩子

新芽幼儿园向日葵班的姚培培老师最近有点小烦恼：班上的几个小朋友忽然爱上了院子里那棵大树。只要找不到人，到树下喊一声“宋小娥”。就能看到带头的那孩子像个小猴子，灵活地爬下来，身后还会跟着两个小尾巴，冲她嘻嘻一笑，然后就带着一串铃铛似的笑声跑走了。有时候他们可能会像今天这样，往她手里塞朵不知名的小野花，就好像这棵树通往什么秘密花园一样。

看着手里鲜嫩柔弱的小花朵，姚培培笑了。其实从小娥来到向日葵班的第一天，她就有预感这可能是她幼教生涯前所未有的挑战！这个小小的女孩，黑黑的皮肤，亮亮的眼睛，过分充满好奇心的性格，甚至甜脆脆地叫着“培培姐姐”的声音，都显得有点与众不同。虽然作为一个老师，她不该“偏心”——这是昊昊妈胡美美说的，但是她承认，自己是喜欢小娥的，小娥让她想起自己遥远的童年。可是班里其他同学的家长好像没那么适应。周婉玲每次送子琪来上学，总要在班级门口细声细气地叮嘱一句“今天不许和小娥去爬树了，野孩子才爬树！”胡美美就在边上拼命地点头，拧着昊昊的小耳朵也说了差不多的话。对小娥的不满，让这两位妈妈之间的关系都亲近了不少。

姚培培和王佳聊过，小娥妈有点歉意地说：“这个孩子就是太爱动了，毕竟是从小在乡下野到大的。再有一年就上小学了，我已经给她报了几个培训班，接下来肯定会好好帮她养成学习的习惯和规矩，给老师添麻烦了。”培培并没有觉得小娥是麻烦，想起小娥提起奶奶和乡下的小伙伴时亮晶晶的眼睛和红扑扑的小脸蛋，她很想跟王佳说，没关系，小娥像现在这样就很好。可是，“爬树总是有点危险的嘛！”园长有一次苦恼地摸着自己的大光头，和她商量还是要管着点小娥，别让孩子成天长在树上，磕了碰了幼儿园是要承担责任的。是啊，小娥不能老是带着同学们到院子里看蚂蚁搬家，也不能老是带着子琪和昊昊去爬树，因为“出了事，你也有责任！”姚培培想，自己也变成一个会权衡利弊的合格的成年人了。

拿着那朵小花，她走进教室，决定今天午睡后就和小朋友们说说“安全”问题。

培培老师没想到，她还真的猜对了。那棵大树，就是孩子们的秘密花园。子琪第一次爬上树的时候还是有点怕的，是小娥和昊昊一个在上面拉，一个在下面推，她才好不容易能到小娥的树上来做客。对，这棵树现在已经是宋小娥的领地了！秘密花园就在大树的后面。小娥在那儿藏了好几个矿泉水瓶子，就是王佳差点扔出去的垃圾之一。现在这些瓶子都被剪开，装上了土，能看到一些嫩芽已经破土而出，小小的叶子迎风招展。三个孩子蹲在地上，三颗小脑袋凑得很近，盯着这些小嫩芽。这些小苗如果有知觉，肯定会被看得着急起来，想要快快长大。

昊昊觉得太神奇了，他家从来没种过植物，胡美美性子太急，根本忍受不了等待种子发芽的过程。这是他第一次亲眼目睹生命的萌芽。那么一颗黑芝麻似的小东西，怎么就长成两片小叶子了呢？小娥说，以后它们还会长得更高，芽片会变成真叶，还会开出各种颜色好看的花，还能带回家送给妈妈。小娥真厉害，她会爬树，会种花，她什么都知道！小娥说，这些都是奶奶告诉她的，那小娥的奶奶肯定也是个特别有本事的奶奶。

子琪也很开心，开心得差点忘了妈妈又给她多报了好几个补习班，还每天叮嘱她不要和小娥玩。想到这些，小小的子琪大大地叹了口气，对朋友们说："妈妈又给我报了珠心算的补习班，我现在每天都要去上课，我一点也不想上补习班。"昊昊点点头，他也不喜欢上补习班，但是他不敢说，妈妈会拧他的耳朵，可疼了。昊昊也叹了口气："我妈妈说，让我皮绷紧一点，以后上学了，成绩不好她就揍我。你们说，上学是不是特别可怕的事啊？我想一直上幼儿园。"子琪小嘴一扁，眼圈红了，说话的声音都有点哽咽："我妈妈说，以后上小学了，就不能和你们一起玩了，她还说野孩子才爬树。可是我不想和小娥分开，我想跟小娥一起上小学。"越说越伤心，越想越委屈，子琪的眼泪终于止不住地掉了下来。昊昊跳了起来，有点手足无措："你、你别哭啊！我又没欺负你！小娥，我没欺负她！"小娥拍了拍昊昊的大脑门儿，大声说："谁说上学可怕啦？我早就盼着上学呢！奶奶说，小孩子一定要上学，不读书的人，是没有用的！妈妈也给我报了珠心算的补习班，我们还可以一起去补习班。子琪，你别哭了，今天晚上跟我回家，我让爸爸烧排骨！"昊昊马上跳起来大声说还是跟他回家去吃饭，他爸爸是厨师，烧饭肯定比宋叔叔好吃！

子琪愣愣地站着，抽抽搭搭地听两个朋友因为谁的爸爸烧饭更好吃吵得不可开交，眼泪掉得更快了。她的爸爸从来没有给她烧过排骨，她都不知道爸爸烧饭是什么味道的，爸爸也没带她去过公园、动物园，甚至幼儿园的亲子运动会！爸爸总是不在家，爸爸出现得最多的地方是在视频电话里。他总说：“子琪是个乖孩子，要听妈妈的话……”子琪哭得很伤心，她现在一点都不想做乖孩子了。看着伤心的朋友，小娥决定带着他们去探险！玩能治疗一切不开心！

于是，午休的教室里，有三张小床空了出来，孩子们不见了。

王佳今天早上一到编辑部就被主任叫去谈话，先是表扬了她的工作能力，最近做的一些策划采访都很精彩，然后问她：“有没有考虑过转岗啊？现在杂志社不像从前那么风光了，为了今后的发展，于公于私也要考虑一下转型的事。王佳你也是业务骨干里比较年轻的，有什么想法可以谈一谈嘛。比如说，对于新媒体开发这一块，你有没有兴趣啊？听说你爱人就是搞软件开发的？”王佳笑着跟主任说：“好的，领导，我考虑考虑。”

回到座位上，她看着自己的电脑开始发呆。老实说，王佳也是有事业心的，从大学毕业到杂志社以来，工作一直尽心尽力，连生孩子都没耽误过。产假过完，前脚把孩子包一包送回宋成老家，后脚就出来上班了。那时候年纪小，觉得这都是天经地义的事——哪有不奋斗的青春呢？王佳很清楚，新媒体开发，这是大势所趋，如果转岗成功，她的事业也能再上一个台阶。但是，他们才刚把孩子从乡下接回来，一家三口还在磨合着怎么相处呢。小娥明年就上小学，同事们老早就警告过她，孩子开始上学那才是考验的真正开始。还有小娥，这孩子根本还没适应城市生活，正是需要大人陪着的时候。这个节骨眼上，如果她换了新的岗位，一切从头开始，肯定会比现在忙碌很多，更没有时间陪伴小娥了。到底该怎么选，王佳一时之间非常烦恼。手机铃声响起的时候，她吓了一跳，直觉不是什么好事。电话里，姚培培老师焦急地说：“小娥午睡的时候没回教室，孩子不见了！一起失踪的还有昊昊和子琪！”急匆匆请了假，又给宋成打了个电话，王佳在赶往幼儿园的路上，已经想到了很多关于人贩子拐孩子的故事，一颗心快要跳出来了。

三个孩子压根就不知道自己掀起了什么样的风浪。昊昊和子琪兴奋极了，这是他们人生第一次探险呢！跟爸爸妈妈散步和自己到处跑，那能一样吗？三个小伙伴来到了附近的小池塘边，池塘里被人喂惯了的大鱼看见人影就飞快地游过来，挤挤挨挨地堆在一起，溅起的水花差点打湿了孩子们的鞋。昊昊手里空空的，一个面包渣都没有，觉得对不起这些兴冲冲的鱼。子琪却有点怕，悄悄地往后退了一小步，奶声奶气地说：“妈妈不让我来池塘边，危险。小娥，昊昊，你们也不要太靠近水边，会掉下去，我不会游泳。”昊昊蹲下来，想用手去抓那条最漂亮的大鱼，不以为然地说：“哪里危险？子琪你就是胆小鬼。”小娥想了想，说：“子琪说得对，我们都不知道这个水有多深，还是离远一点比较安全！”昊昊马上站起来，点点头，崇拜地看着小娥。要是他身后有尾巴，这会儿恐怕也要晃起来表示同意了。子琪做了个鬼脸，笑话他是小娥的跟屁虫，他也不恼，只是颠颠儿地跟着小娥跑。

离开池塘边，探险还没结束。昊昊觉得那边的保安叔叔肯定发现他们了，说不定要去幼儿园通风报信。三个人都不想难得的探险就这么收尾，午休结束还有好一会儿呢，他们不愿意就这么回到午睡的小床上——小孩子才睡午觉，他们都长大了！宋小娥决定带着自己这两个好朋友去找另一个好朋友，就是楼上做酱牛肉特别好吃的李奶奶。她记得李奶奶说过，白天会到老人活动中心和老伙伴们聊聊天。老人活动中心就在幼儿园的边上，中午人不多，他们一进去就看见李奶奶自己坐在那儿看电视。说是看电视，但是李奶奶的头一点一点的，好像马上就要睡着了。小娥悄悄地走到李奶奶身后，小手捂住李奶奶的眼睛，朝子琪努了努嘴，子琪马上甜甜地说："李奶奶，你猜我是谁?"李奶奶当然猜不着，但是她看起来很高兴。昊昊歪着头问："奶奶你为什么不回家睡觉啊?"李奶奶说："奶奶不困。"昊昊撇撇嘴，奶奶骗人，刚才明明都睡着了。他自己的奶奶也是，坐在沙发上明明都打呼噜了，但是一关电视马上就醒。奶奶们真奇怪，小孩子看不懂。

一老三小，热热乎乎地聊起天来，昊昊甚至跟李奶奶约好了，改天要去奶奶家吃传说中“特别好吃”的酱牛肉！李奶奶搂着子琪软乎乎的小身子，眼睛笑得眯成了一条缝。

“李昊天!”——老师家长们都找了过来!

听到这个熟悉的声音，昊昊忍不住抖了抖小胖身子。他一直就觉得奇怪，他妈胡美美，那么小的个子怎么会有这么大的声音。每次胡美美一吼，他和他爸都怕得不行。可怜的昊昊一边想要从他妈手里拯救自己的小耳朵，一边哀怨地想要和赵子琪换妈妈。你看子琪的妈妈，就那么看着子琪，也不吭声，就吧嗒吧嗒掉眼泪，多好啊!

姚培培也吓得够呛，赶紧把三个孩子从头到脚检查了一遍，又跟李奶奶告了别，带着三个孩子和几个焦躁的大人回到幼儿园。

周婉玲坐在办公室的沙发上，擦着眼泪，怨气十足地对姚培培说：“姚老师，我们家长把孩子送到幼儿园，也是信任你们，今天发生这样的事，是不是也得给我们一个交代?”胡美美气呼呼地说：“就是！我这还上班呢，推了个重要客户跑过来找孩子！这是什么事啊！李成龙你拉我干什么，我说错了吗?”园长也是一个头两个大："对对对，这是我们的错。培培老师，快，快给家长们倒茶。"姚培培是真的觉得很抱歉，幸好今天三个孩子只是在附近转了几圈，没出什么事，但是作为老师，她觉得的确是自己的失职。于是，她认认真真地对着家长们鞠了个躬，说："今天真是不好意思，确实是我的工作失误，我道歉。"周婉玲说："这次是没出什么大事，但是我还是想知道，好端端的孩子们怎么会跑出去的？以前也从来没发生过这样的事。"说着，她看了王佳一眼。胡美美也觉得奇怪，对呀，昊昊虽然淘气吧，以前也从来没干过这么出格的事。她又是一声大喝："昊昊，你给我过来！说，谁出的主意？说实话妈妈就不打你！"

王佳立刻听出了言外之音，心里也憋着火："宋小娥！又是你对不对？你给我过来！"昊昊大声说："阿姨，你别骂小娥，是子琪说不想上补习班，还哭了，我们才出去玩的……"周婉玲听到这里不答应了："我们子琪一向都很乖，要不是有人带着，她肯定是不敢跑出去的。"

王佳听了这话，觉得脸上实在挂不住，忍不住推了一把旁边站着的女儿："跟你说过多少次，别淘气别淘气，你就是不听！”动作快得宋成都没拉住。小娥没想到妈妈会推自己，她瞪大眼睛看着王佳，满脸不可置信。王佳数落她：“还好意思看我，你自己看看惹多大事！”宋小娥的泪水漫了上来，但她没哭，反而扭过脸去，一声不吭，站着不动。宋成低声对王佳说：“事情还没搞清楚，你急着动手干什么？当着这么多人，孩子也要面子的啊。”王佳被宋小娥的倔强激得发抖，明明是这个小祖宗不给我面子啊！

姚培培快步走过去，揽住小娥：“这件事不能怪孩子，确实是我的责任，我没注意到他们的动向，才让他们有机会跑出去。小娥，你知道自己做错了什么吗？”小娥扬起脸，眼泪挂在眼角，她摇摇头。子琪本来一直低着头站在一边不吭声，这时候她怯怯地走到妈妈身边，拉住妈妈的衣角，哽咽着说：“妈妈，是子琪错了，我不该偷偷跑出去，让你担心。但是你别怪小娥，小娥和昊昊是我的好朋友。妈妈，我以后都听话。”

姚培培蹲下来抱了抱小娥，把她跑松了的小辫子紧了紧，轻声说：“你看，因为你们偷偷从幼儿园跑出去，爸爸妈妈就得请假回来找你们，他们不知道你们跑到哪儿去了，安全不安全，多着急啊。培培姐姐也很担心。”小娥听了这话，才看看培培，又扭回头看看爸爸妈妈，再看了看子琪哭红的脸，不由得低下头：“培培姐姐，我错了，我不该带着他们跑到外面去。”

闹了这一场，家长们想着假都请了，也不能白请，就干脆想各自带着孩子回家去再仔细教育教育。虽然园长和老师都一再表示孩子们已经认识到自己的错误了，但是这件事绝对不能轻易放过，不然以后还得了？尤其是王佳，她打定主意，这事没完！

看着王佳的背影，姚培培咬了咬牙，想追上去再说些什么，园长一把拉住她，摇了摇头——幸好这些家长都还算通情达理，还是不要节外生枝了吧。再说，小娥这么横冲直撞的性子，还是要吃点教训才好。姚培培看着桌上那朵小花，问园长：“做个乖孩子，真的那么重要吗？我们到底应该做怎样的教育者？”

回家的路上，周婉玲问子琪：“子琪，你真的不想上补习班吗？”子琪看着妈妈的眼睛，默默地摇了摇头，周婉玲满意地拍了拍她的后背：“妈妈知道你是乖孩子。你记得妈妈的话，以后不许跟着宋小娥和昊昊乱跑，知道吗？”她以为子琪一定会乖乖地答应，但是没想到，子琪松开了拉着她的手，抬起头认认真真地说：“妈妈，我会上补习班的。可是，小娥和昊昊是好孩子，他们是子琪的好朋友，你不要不喜欢他们。”周婉玲愣了愣，没想到一向话少乖巧的女儿这次能这么坚定清楚地表达自己的想法，这是好事还是坏事呢？

第五章

昊昊有大哥了

姚培培特别喜欢宋小娥，虽然她给自己真的添了不少麻烦，但作为一个热爱教育事业的年轻老师，她喜欢看到孩子身上的不同特质，而宋小娥，毫无疑问就是这其中最“不同”的。

就拿今天的课来说，姚培培要教小朋友们学习如何垃圾分类，她设计了一个小小的剧——《小垃圾分班记》。大概的意思就是垃圾幼儿园里有四个班级，分别是有害垃圾红红班、易腐垃圾绿绿班、其他垃圾灰灰班和可回收物蓝蓝班。姚培培把几种有代表性的垃圾拟人化为不同的垃圾小朋友，让他们根据自身的特点，去找属于自己的班级。这样的小游戏正契合幼儿园的小朋友们，在玩的过程中，大家就明白了垃圾分类的具体方法，姚培培很满意自己的安排。

当姚培培把大致内容告诉小朋友时，大家都很开心，不出意料地，宋小娥又是第一个跳出来的：“培培姐姐，我要演大棒骨！我最喜欢吃肉骨头啦！”

大棒骨是照着昊昊去设计的，一个胖嘟嘟的善良男孩，带领大家经过各种考验，最终找到属于自己的班级。可没想到宋小娥一下子就打乱了整个计划，但姚培培并不反对，也许这样能碰撞出新的火花呢。最后，《小垃圾分班记》变成了“女大王征讨记”，宋小娥带着子琪（她倒是合格完成了害羞的干电池的戏份），一会儿去拯救了易腐垃圾班的小蔬菜叶，一会儿去和有害垃圾班的纽扣电池掰扯不清，一会儿又教育了可回收物班级骄傲的小泡沫……一切完全偏离了姚培培的设计，到后来她已经放弃干预，由着孩子们瞎玩一气，但效果却比她预想的好，因为孩子们自动形成了一个“纠错”的概念。每当宋小娥他们走错了，其他孩子都会纷纷喊：“不对不对，这不是你的班级！”他们大喊大叫，大笑大闹，隔壁班的小朋友听见动静都跑了过来。就在这个过程中，几乎所有孩子都记住了大致的垃圾分类标准。姚培培忍不住再一次感叹孩子的能量之大，超出她的想象。这节课让姚培培充满了成就感，她打算在幼儿园新年汇演的时候完整重现一次，就让宋小娥继续演大棒骨吧，没有她一路过关斩将，小朋友们的积极性不能被这么高地调动起来。

那天向日葵班的所有小朋友都得到了培培姐姐发

的五角星贴纸，每个都贴在眉心，一个个开心得到处跑。宋小娥得了俩，一个贴眉心，一个贴下巴，是她自己要贴的，后来让来接的王佳笑了半天。同时大家也得到了培培姐姐布置的家庭作业：利用周末，寻找身边的可回收物，做一个小手工。

周六上午，宋成一早就去公司加班了，小娥快活地在吃早饭，嘴里嘀嘀咕咕地念叨着垃圾分类怎么分，而王佳想用手机搜索一下网上有没有手工成品卖，随便交个差，毕竟时间宝贵。宋小娥的口算班已经上了两节课，老师反映过来的情况不太理想，说宋小娥对于数字不太敏感，要结合具体的东西才能让她把感性思维转换到理性思维上来——王佳一个学中文的，最怵数学，所以小娥必须早点形成理性思维，晚了就来不及了！还有钢琴老师也说宋小娥屁股像枣核，根本坐不住，得跟赵子琪多学学，这么小年纪已经考过钢琴 3 级了！还有英语……王佳觉得心里时常惊涛骇浪，刚给自己做好心理建设“孩子健康快乐就好”，老师一个电话，哗的一下，就又把焦虑冲上了沙滩。

“妈妈，我想和子琪、昊昊一起做手工，好不好?”女儿的话把王佳的思绪拉了回来。

王佳心里立刻一紧："一会儿还上口算班呢。"

"妈妈，口算班就在子琪家楼下，我们去捡了可回收物再去口算班行不行？"

"不行，什么可回收物，那都是垃圾，脏死了！我跟你说宋小娥，你乖乖去上课，不许捡垃圾！"

"可是老师说这是作业。"

"你就是想玩，口算的家庭作业写了没有？"

"没……"

"没写还想玩？妈妈给你找的这个老师很好的，子琪妈妈上次也说赵子琪进步很大，而且就在小区里，多方便，昊昊也去了，你们三个人正好一起去上课。"

"可是妈妈，我不喜欢口算，老师很凶的。"

"老师那是为你好，她关心你才会凶你，不然她也可以不管你的对不对？她不管你你不就什么都学不到了吗？学不到知识，你以后上小学跟不上怎么办呀？"

王佳的话像一个又一个大浪朝女儿拍去。宋小娥不是很清楚知识啊，小学啊，跟不上啊什么的，到底彼此间有什么关系，但她知道妈妈不开心了，宋小娥本能地不希望妈妈不开心。

"老师说你很聪明的，只要用心就能学好。小娥，听妈妈话，用心学好吗？”

“好吧，妈妈。”

王佳摸了摸小娥的脸蛋，觉得自己这番苦心女儿总算听进去了，她还是欣慰的。宋小娥今天穿着小花裙子，辫子绑得规规矩矩，细发也梳得顺顺的，已经和在南山村到处疯跑的野孩子不一样了。多好看呀！

周六的上午，洒满阳光的小区里，宋小娥背着小书包去找昊昊、子琪上口算课了。人为什么要学口算呢？大黄从来没学过，它连 1、2、3、4 都搞不清楚，可是它每天都开开心心地追鸡、跑人家家里要骨头吃，不也好好的吗？唉，真想大黄啊，可是妈妈说了，家里不能养狗，太臭了。可是大黄一点都不臭，嗯，耳朵有一点点臭，可那是大黄的味道啊。宋小娥郁闷地踢着小石子，走到了昊昊家，他已经在楼下等了。

“小娥，你写口算作业了吗？”上堂课老师给小朋友们每人发了一张一百道口算题的作业纸，昊昊正捏在手上，上面啥也没写。说真的，他们连自己的名字还写不清楚，怎么会写这些。

“子琪肯定写了，我们去抄她的！”昊昊已经被口算老师告过一次状，要是爸爸再接到电话，肯定会揍他一顿的。

“我不抄。”宋小娥不喜欢说谎，假的事情她不做：“我不喜欢口算课，我也不喜欢钢琴课，我也不喜欢英语课。”

“我也不喜欢！”昊昊说到这个就生气。从前周末爸爸妈妈都会带他去动物园看狗熊，去游乐园开飞机，现在都没有了，只有无穷无尽的口算题、硬笔书法练习、英语口语对话。爸爸妈妈说这些是上小学前必须要上的课，可是有什么意思！

“我，我也不喜欢。”子琪已经提着自己的小蕾丝公主包走出单元门，听见两个同伴的抱怨，忍不住插了一句嘴。

“你也不喜欢？我妈妈天天在家夸你哎，子琪，你为啥不喜欢？”宋小娥吃了一惊。

“是妈妈叫我去上课的呀，要听妈妈的话。”

“那你自己喜欢啥？”昊昊很好奇地问，子琪永远是个小玻璃人儿，好像轻轻一碰就会破了那样娇嫩，她也有自己的想法吗？

子琪想了想，说：“我喜欢和宋小娥玩。”

“玩什么？”

“玩什么都喜欢，我最喜欢宋小娥了。”子琪认真地说。

“子琪我也喜欢你！”宋小娥心里油然而生一种责任感，她要保护赵子琪，并且带她玩得开心，所以接下来的话立刻就冲口而出：“要不然我带你去玩吧！”

“好哎好哎，我们去玩！”昊昊快活得蹦了起来。

“可是我们还要上口算课呀！”子琪是清醒的。

“我也不喜欢上课，昊昊也不喜欢上课，你也不喜欢上课，大家都不喜欢，说明上课是个讨厌的东西。”宋小娥条理很清晰，“我奶奶说过，要做自己真心喜欢的事！”

“有道理哎，那宋小娥，我们去爬树吧，你上次说了教我的。”昊昊对小娥这项技能崇拜得很。

“我不要爬树，衣服弄脏了妈妈会骂的。”子琪哼哼唧唧。

“今天不爬树，培培姐姐不是说让我们周末做环保手工吗，我们去找可回收物吧。”宋小娥是个认真的孩子。

“啊，我妈妈说那是捡垃圾，不让我去。”子琪有言必提“我妈妈”。

“对，我妈妈也说给我在网上买。”昊昊也跟上了节奏。

“买有什么意思，那是假的，我奶奶说小朋友不能撒谎。我们不要去捡脏垃圾，我想好了，我们去捡矿泉水瓶，再捡人家不要的彩纸，在瓶子上面贴出花来，就能做很漂亮的笔筒了，对不对？”宋小娥提议道。

“可是……”子琪还在犹豫，但昊昊已经兴高采烈了：“小娥你真有办法！不如你当我大哥吧，我们像孙悟空一样去降妖除魔！”

“我……我还是不去了吧，上次我们跑出幼儿园，我妈妈都哭了。”子琪很担心。

“你妈妈上次哭是因为你没告诉她，她以为你走丢了。今天我们给她留张纸条，告诉她就行了。”宋小娥总有办法。

“就是，留纸条，我们英雄好汉，不会随便哭的。”

“可我不会写字。”子琪可怜巴巴地说。另两个小朋友也心虚地互相看了看。

“哎呀，不会写字，我们可以画画呀，你画三个小朋友，再画个矿泉水瓶，再画个笔筒，你妈妈就清楚了呀！”有什么能难得倒宋小娥呢？

“大哥你真厉害！”昊昊再一次确认自己找对了大哥。

实际上，当子琪妈妈买菜回来接到口算老师的电话时，确实看到了这张歪七扭八的纸条，但她并没搞懂孩子们要传递的信息，她只是一下子慌了手脚：我的心肝宝贝肉又不见了！

与此同时，小娥妈妈、昊昊妈妈也接到了口算老师的电话：三个孩子都没来！

三家家长在口算班门前集合，内心的担忧、愤怒、惶恐全憋成了一口气，堵在胸口吐也吐不出。

“你们看看呀，我家子琪画了张画放在桌上，上面有三个小孩，是不是他们在一起呀？”周婉玲展示了那张纸条。

“旁边还有个瓶子，这是啥？”李成龙想不明白。

“管它是啥，这仨熊孩子一定在一块儿，又是宋小娥的幺蛾子！”胡美美很不客气。

“事情还没搞清楚，你别瞎说。”王佳嘴里虽然这么说，心里却隐隐觉得胡美美说得没错，她对上次逃离幼儿园的事情还记忆犹新。

就在这时，三个小孩子出现了。他们本来就在小区里转悠，捡到了三个矿泉水瓶，就跑回来打算在子琪家开始做手工，看见自家父母乌眼鸡似的站在楼下，还不清楚怎么回事。

“子琪！你上哪儿去了?!”子琪妈妈率先跑过去抱住女儿。

“小娥带我们捡矿泉水瓶啦。”子琪献宝似的把手里的宝贝拿出来，却被妈妈一把抢过丢得老远：“脏死了！上面有多少细菌啊，万一感染了，生病了怎么办?”

这边昊昊也被胡美美拧起了耳朵：“又是宋小娥带你？天天跟着小丫头跑，你一个男孩子有没有一点主见了?”昊昊龇牙咧嘴的，紧攥手里的瓶子不放：“宋小娥是我大哥呀！”李成龙在旁边都忍不住笑了：“你还有大哥，你大哥叫你旷课你就旷课，你大哥叫你吃屎你去不去?”

“叔叔，我不会叫昊昊去吃屎的。”小娥很认真，也觉得叔叔说话太粗鲁了。

“宋小娥你给我过来！”王佳气坏了，这个女儿到底要怎样才肯老实点？“为什么逃课?”

“因为我不喜欢上口算课，昊昊也不喜欢，子琪也不喜欢。”

“谁说我们昊昊不喜欢？他可是个好孩子。”

“对呀，子琪本来口算也学得好好的，小娥乖，以后别带子琪瞎跑了。”

王佳快被这俩家长的酸话气坏了，她想指着她们鼻子骂回去，可终归今天是自己女儿起的头，她的一腔怒火只能化为厉声斥责：“宋小娥，道歉！”

宋小娥有些莫名其妙，她知道家长们都不高兴了，但觉得他们不高兴是不对的：爸爸妈妈们为什么非要小朋友去做他们不喜欢的事情？而且矿泉水瓶他们拿去保安叔叔那里洗过了，怎么就脏了？那么开心捡来的瓶子，为什么就要丢了？大人真的是在喜欢小孩子的吗？脑子里转过许多问号和委屈，于是她本能地摇摇头：“妈妈，我没错。”

夹在邻居的嘲讽和女儿的倔强中的王佳，胸中的火“腾”地一下就起来了，这次她直接抓过宋小娥，抬起手就打屁股：“还说没错？旷课没错？捡垃圾没错？带坏小朋友没错？道歉！”

宋小娥惊呆了！虽然屁股并不那么痛，但屈辱的感觉瞬间淹没了她，她立刻就哭了：“我没错我就没错！”

李成龙作为在场唯一的男士，立刻把宋小娥救了过来：“别打啦，要我说也没多大的事，小孩子嘛，贪玩总有的，下次不犯就行了。”

“对啊王佳，别把孩子打坏了。”周婉玲也劝道，她并不想破坏邻里关系。

“打孩子干吗呀，道歉也没用，三个小家伙，回去罚写两张口算试卷。”胡美美终究还是讲道理的。

于是，三家大人各自拖着自己孩子回了家。宋小娥进门后就再没吭过声，王佳心情也很复杂，说不出话来。母女俩的冷战一直持续到宋成加班回来。他一进门，宋小娥就飞扑进他怀里，却没像往常一样咯咯笑个没完，只是把小脸蛋埋在他肩窝里。

“哟，我的宝贝女儿有心事呀，快给爸爸说说。”

怀里的小脑袋动了动，两个小辫子也跟着摇了摇。

王佳过来把事情经过说了，又说：“小娥，妈妈不是不爱你，但你也该好好反省一下自己。”说完就去给宋成准备饭菜了。

宋成把女儿从自己身上摘了下来，笑嘻嘻地问：“是妈妈说的这么回事吗？”

宋小娥点点头，又摇摇头。

“小娥，这个事情，我觉得要先批评妈妈，她不应该打你。”

宋小娥猛地抬起头，看着爸爸。

“不过，妈妈是最爱你的人了，她打你，她自己也会难过的。”

宋小娥眼睛黯了黯，长长的睫毛垂了下来。

“逃课出去玩，这确实是你做得不对。”

“可是我不喜欢上口算课，我不喜欢上那些兴趣班，爸爸，我喜欢奶奶家。”

“小娥总要长大的呀，你不是说自己想当宇航员吗？宇航员就要学很多很多的知识，如果不能认真地学习，到太空里啥也不会，那不就完蛋了吗？”

“宇航员也要学口算和书法和跳舞吗？”

“当然要啦，宇航员也要读小学、中学、大学，奶奶是不是和你说过，人应该做自己喜欢的事？那要做好自己喜欢的事，必须很努力才行呀。”

宋小娥想了想，她觉得爸爸说的是对的，自己今天是有错。于是她啪嗒啪嗒跑去厨房对王佳宣布：“妈妈，明天我要去口算班！”王佳惊讶地转过身，又得到了宋小娥进一步的表白：“妈妈我爱你！妈妈你下次不要打我屁股了，你手会痛的。”

王佳的眼泪哗地就流下来了，她听见宋小娥响亮地保证：“我会做个乖孩子的！”

第六章

我的绰号“小事儿妈”

王佳总感觉自从把女儿接了回来，她的生活就坐上了过山车，节奏一下子丰富了起来。以前不认识的邻居现在成了小娥同班同学的家长，小娥还顺理成章地当上了“孩子王”，领着别人家的孩子从幼儿园逃跑，头天承认错误说要当个听话的乖孩子，转天又带着人逃课捡垃圾……为了这个孩子，自己明里暗里受了多少挤对。可是宋成这个“二百五”，还自豪地说：“你看我们小娥，还是个领导型人才呢！你听见没有？昊昊那个调皮捣蛋的小子，喊我们女儿‘大哥’！”

王佳也不知道这有什么好骄傲的。她本来是想把女儿培养成一个小淑女的呀，你见过谁家淑女是逃课疯跑捡垃圾的？但是当女儿委屈地问：“为什么小孩子一定要做让大人高兴的事？大人就是对的吗？”王佳心里也不免为之一震。姚培培老师也跟她谈过，说小娥是个难得的孩子：纯真、热情、有正义感。王佳开始反思，是不是自己操之过急了？教育孩子，可不是什么一蹴而就的事，自己也是受过高等教育的知识女性，怎么就不能尊重一下孩子的个性呢？

也因为这点反思，最近家里的气氛倒是空前和谐了起来。王佳尽力克制自己的脾气，小娥也乖乖地上幼儿园和补习班，口算学得还很不错。母女关系眼看着如胶似漆起来，宋成酸溜溜地说，自己前辈子的小情人这是要移情别恋啊！

但是生活嘛，怎么可能一直平平淡淡的呢？

今天去幼儿园接女儿的是宋成，站在等待接孩子的奶奶外婆妈妈们的大军里，宋成显得有点突兀。小娥都觉得奇怪：“爸爸，你今天不加班吗？为什么是你来接我呀？”宋成点了点她的鼻尖：“今天周末，爸爸不加班。开心不开心？”

“开心！那妈妈呢？”

“妈妈回家烧好饭等我们呀！”

回家这一路上，宋成算是见识了自家女儿的交际能力。南门的保安队长，那么严肃的一个大汉，见到小娥，脸都笑成了一朵花，硬塞了一把花生过来，说孩子上了一天学肯定饿了，拿去垫垫肚子！路过垃圾屋，小娥还跟保洁大姐聊了半天，说的都是垃圾分类的事，也不知道她怎么懂这么多。好不容易走到家楼下，一滴水“啪”地掉在宋成脚尖前，差点砸他头上。他还纳闷呢，太阳还明晃晃挂在天上，怎么就忽然下雨了呢？只听见小娥脆生生地大喊：“308的孙阿姨，你家拖把又没拧干！”

一个卷头发女人从308的阳台探出头来，虽然隔着这么远，宋成还是看见她朝天翻了个白眼，不耐烦地说：“知道了知道了，宋小娥你可真是个小事儿妈。一天到晚盯着我家拖把干什么？”

宋小娥大声说：“孙阿姨，你看你拖把上的水一直滴下来，万一楼下有人晒被子，淋湿了晚上盖什么呢？”

“知道了知道了，小小年纪这么啰唆。宋小娥，你这么爱管闲事让你当楼栋长好不好？”小娥根本没觉得自己被嘲讽了，认认真真地回答说：“我没管闲事，这是我应该做的。但我还是个小朋友，还不能当楼栋长。孙阿姨，等我上小学了我再当好不好？”宋成憋不住扑哧一声笑了。楼上的孙阿姨大概认为和一个小豆丁认真，自己真是输了，又翻了个白眼，叨叨了一句“小事儿妈”，终于还是把拖把拿回去了。

晚上吃饭的时候，宋成免不了将这当成个趣事讲给王佳听。王佳把筷子一撂，拧着眉毛扭头问小娥：“小娥，你忘了妈妈怎么跟你说的了？别管闲事，别管闲事。你就把我的话当耳边风是不是？”小娥不服气：“孙阿姨拖把总是不拧干，二楼的齐阿姨都说自己家晒的衣服被水打湿了，她们差一点就要吵架了。”

“她们要是有矛盾让她们自己找物业就行了，你一个小孩瞎掺和什么啊？”

小娥梗着小脖子，一本正经地说：“妈妈你说得不对，奶奶跟我说，远亲不如近邻。邻居就要好好相处，怎么能因为一点小事就吵架呢。这件事是孙阿姨做的不对，她就应该把拖把拧干再晒出去的。”孩子的世界就是这么非黑即白，还挺逗。宋成根本不觉得这事有什么好上纲上线的，自己的妻子近段时间有点暴躁，晚上要问问，是不是单位里有什么烦心事？

饭吃到一半，门铃忽然响了。宋成疑惑地起身开门，也不知道是谁在饭点赶着上门。门开了，还真是个意想不到的客人——楼上那位永远绷着脸不苟言笑的邻居，端着一个和他气质一点不相符的搪瓷花盖碗，笔挺地站在门外。宋成疑心对方找错门了，迟疑地问了声好，就不知道该说什么了，但也不好让人一直站在门外啊，于是硬着头皮把人请进了客厅。小娥好奇地伸头看过来，精神十足地说了句：“李伯伯好！”这位李伯伯的脸上立刻绽开了笑容，也许是不习惯有这么大的面部表情，笑容还有点生硬，声音倒是很温和：“小娥好，在吃晚饭？那正好，看看，伯伯给你带的什么？”盖碗一打开，嚯，好大一块红亮亮的酱牛肉卧在里面，仿佛在说着“我很好吃快来吃我”！小娥兴奋极了，又跳又叫：“李奶奶做的酱牛肉！太好了太好了！”

王佳尴尬地看着李伯伯，说：“这怎么好意思呢？”李伯伯把盖碗递过来，推了推眼镜，“这是我妈让我带过来给小娥加菜的，你俩不用不好意思，也别偷吃。”宋成看着这位李伯伯，也不知道他是不是认真的。王佳忙问：“是不是小娥又上楼去打扰李奶奶了？这个孩子，我回头一定好好说说她，怎么能随便张口管别人要吃的。”小娥大声说：“我没有！”

李伯伯被请到沙发上坐下，听了这话，忍不住皱了皱眉：“你们这为人父母的怎么能随便冤枉孩子呢？孩子可没开口要吃的。这肉就是老太太特意做的，我真心实意拿过来感谢小娥的。”宋成倒了杯茶，不解地问：“感谢？为什么啊？”

这事还得从三天前说起。那天小娥一个人下楼去玩，逗了会儿小区里那只大肥猫，又蹲在地上数了数蚂蚁，边走边玩不知怎么就晃到了小区门口。小娥知道糟糕了，这要是被妈妈知道自己没有遵守“就在楼下玩一会儿”的约定，回去肯定要挨骂。自己挨骂没什么，但是老惹妈妈生气可不好。她明明答应了要做乖孩子的，还是赶紧回家吧。正往回走呢，小娥就看见李奶奶一个人摇摇摆摆在路边走。走着走着忽然踉跄了一下，小娥赶忙跑过去，把老太太扶住，坐在了长椅上。

小娥很担心：“李奶奶，你怎么了？”李奶奶看了小娥一会儿，好像忽然想起来什么似的，说：“原来是小娥啊，奶奶没事。”小娥觉得李奶奶有点怪怪的，实在放心不下，就又问：“你要上哪儿去啊？你不回家吃晚饭吗？你肚子不饿吗？”李奶奶有点不好意思：“我本来想到楼下接你李伯伯下班的，结果不知道怎么回事，就迷路了。”

听到这话，宋小娥笑了出来：“哈哈哈哈，奶奶你也会迷路呀？我刚来的时候也迷路，不过现在小区里的路我可熟了！走，我带你回家！”然后，这一老一小慢悠悠地往家走，一边走一边聊着天，内容嘛，不是酱牛肉好吃，就是李伯伯看起来好凶，跟他打招呼都不理人的。傍晚的风，轻轻柔柔地吹着，夕阳把她们的身影拉得长长的，小娥牵着李奶奶的手，有点想念自己乡下的奶奶了。

说清楚来龙去脉，李伯伯很感慨：“那天，老太太本来是想多走两步来迎迎我，谁知道高血压犯了，头一晕，迷迷糊糊地差点走丢。说起来，真是幸亏碰上小娥这样热心肠的好孩子，要不然我可能就得上派出所找我妈去了。你们说，我是不是得来谢谢小娥？哦，小娥呀，李伯伯得跟你说，其实我一点都不凶，就是不知道该怎么跟小姑娘做朋友。”小娥眨巴着大眼睛，开心地说：“李伯伯，李奶奶那天也说了，你不是故意不理我的，就是比较害羞。没事的，现在我们是朋友啦！”李伯伯也笑了，跟小娥握了握手，说：“能有小娥这样的朋友，是李伯伯的荣幸！李伯伯想请小娥帮个忙，不知道行不行？”小娥可是个大方的小姑娘，赶紧说：“朋友要互相帮助的，你说吧！”

李伯伯于是讲了自己的苦恼，李奶奶到城里住了一个多月，最近一直嚷着想回乡下去。李伯伯不放心她一个人住，劝了好几天，但是老太太态度很坚决。他想问问小娥有没有什么好办法。宋成和王佳对视了一眼，觉得这位邻居大哥也是挺逗的，这么煞有介事地来找一个六岁的小姑娘想办法。但宋小娥很严肃地对待这个问题：“李伯伯，李奶奶跟我说，城里虽然哪儿都挺好的，你们对她也很孝顺，但是她没有朋友呀！她说她很寂寞的，所以才想回乡下去。我觉得，是你做得不对。你每天晚上吃饭的时候要陪李奶奶聊聊天，问问她今天做了什么呀，有没有交到新朋友呀？我爸爸妈妈就是这样的。”

王佳一听，赶紧打断了小娥：“这孩子，瞎说什么呢！不许没礼貌！”小娥不明白，自己怎么没礼貌了。李伯伯若有所思：“小娥说得对。我把她接到城里来，就是担心她年纪大了在乡下没人照顾。我就没想过，这是让她离开了自己的社交圈到一个陌生的地方，我应该陪着她一起适应新环境的。小娥啊，麻烦你平时有空也帮伯伯陪陪李奶奶好不好？”

小娥觉得没问题啊，反正她很喜欢李奶奶的。但是呢，有个事情还是要提醒一下李伯伯：“明天晚上，你带李奶奶去西边的小广场吧，彭奶奶她们每天都在那里跳广场舞的。李伯伯，我觉得奶奶和奶奶应该更容易做朋友的。”李伯伯摸了摸小娥神气的小辫子，慈爱地笑了：“小娥说得太对了，小娥真是聪明的小姑娘！”他抬头看了看宋成，说：“我觉得自从小娥来了，咱们这个楼，不对，是咱们这个小区的气氛都变了。我现在，看见邻居都不由自主地想要打招呼了！这孩子，简直有魔力！”

“傻”爸爸宋成当然点头同意：“对对，自从小娥来了，我在小区的知名度都变高了。保安都知道我是宋小娥她爸。哈哈哈！”

送走了李伯伯，宋成很开心。他抱着小娥亲了一口，骄傲极了：“我闺女真厉害！简直就是小雷锋！”王佳白了他一眼，把小娥拉到自己面前，抓着她的两只手，严肃地看着她的眼睛说：“小娥，吃完饭爸爸妈妈要跟你认真地谈一谈。”小娥乖乖地点点头，问：“妈妈，我能吃酱牛肉吗？”看着懵懂天真的女儿，王佳无奈地叹了口气，还能怎么办呢，切肉去呗。

宋成跟进了厨房，小声问：“我们要跟小娥谈什么啊？”王佳没好气地说：“谈什么？就谈谈让她以后少管闲事！你知道你女儿现在有个外号是‘小事儿妈’

吗？一个女孩子，被起这种外号，好听吗？”宋成乐了：“你别说，还挺贴切。但是孩子做的都是好事啊……”看了看妻子沉下来的脸色，宋成马上说：“对！你说得对，谈！必须要谈！”

只是，这场谈话注定是要不欢而散的。王佳掰开揉碎，苦口婆心地跟小娥说：“你还是个小朋友，很多事情你根本处理不了，所以你只要管好自己就好，不要多管闲事。”可是这个倔强的孩子就是一口咬定：“奶奶说了，做人不能只顾自己；培培姐姐说了，自私的孩子不是好孩子。”宋成这个“猪队友”，竟然还临阵倒戈，说什么，奶奶以前也是这么教育自己的。这可把王佳气得眼冒金星，火气直冲脑门，忍不住冲口说出一句：“宋小娥，你再这么不听话，我就不要你了！”

小娥一下子愣住了，泪水瞬间充满了大大的眼睛。话一出口，王佳就后悔了，但是就这么去哄，那之前说的那些话不就白费了吗？这孩子这么天真鲁莽，以后还不是要吃苦头？想到这里，她就硬起心肠，不肯说一句软话。眼看着母女两人就这么僵持了起来，宋成赶忙打圆场，推着小娥的后背，示意她赶紧去跟妈妈道个歉。小娥憋了半天，哽咽着说：“我没做错，我就是没做错！妈妈坏！”说完，一拧身跑回了自己房间，还“啪嗒”一声，锁上了门。

王佳指着房门，气得话都说不出来，眼泪也掉了下来。她觉得委屈，自打把孩子接回来，她每天单位家里两头忙，工作不肯放松，孩子也想带好，辛辛苦苦晚睡早起，怎么就得了一句“妈妈坏”？宋成赶紧安慰她，孩子还小，道理要慢慢地教。哪本育儿书都明明白白写着呢：做家长的可不能轻易说什么“爸爸不爱你了”“妈妈不要你了”。这一点，王佳也知道自己理亏，抽抽搭搭地说：“这不是话赶话就说出来了吗？宋成我跟你说，以后在教育孩子的时候，你必须和我保持一致！我觉得你对这个事儿根本重视得就不够！”宋成赶紧满口答应。

大的哄完了，小的还得接着哄，隔着门，都能听到小娥伤心的哭声。宋成捏了捏鼻梁，轻轻敲了敲小娥的房门，捏着嗓子说：“小兔子乖乖，把门开开，快点开开，爸爸要进来。”

房门轻轻地打开了，小娥站在门边，红着眼睛说：“我不是小兔子，我是宋小娥。”宋成蹲下来，心疼地给女儿擦了擦眼泪，轻声说：“小娥，你知道吗？你刚才说妈妈坏，妈妈可伤心了，待会儿去认个错，啊？”小娥低下头，难过地说：“爸爸，我是不是坏孩子？总惹妈妈生气。但是，我管那些事不是闲事呀！李奶奶要是走丢了，李伯伯会很伤心的，我也会伤心的。”

宋成说：“你很喜欢李奶奶？”小娥点点头。宋成故意问：“因为李奶奶酱牛肉做得好吃？小馋猫。”小娥急了：“才不是！是因为李奶奶身上的味道和奶奶很像。爸爸，我想奶奶了。妈妈说不要我了，你明天送我回奶奶家吧。”

一听这话，宋成的眼泪都要绷不住了，赶紧把小娥抱在怀里，轻轻地打了她后背一下：“瞎说什么呢？妈妈怎么会不要你。你想奶奶了，爸爸可以带你回去看奶奶，现在先跟爸爸去给妈妈道个歉。”小娥点了点头，又说：“我说妈妈坏，是我不对。但是我帮李奶奶，没有错。”宋成心里是一百个同意女儿的话，但是他也理解妻子的担忧：这个世界可不像孩子以为的那样单纯，有些事情并非“对就是对，错就是错”这么简单。

第七章

巴啦啦小虎队成立了

转眼就是暮春，地气里有一种欢欣鼓舞的东西，催着小区里的树木花草拼命生长，孩子们的个头也往上蹿了，比较起来宋小娥最高，昊昊其次，子琪最矮。

“到底是乡下孩子，接地气，长得壮。”胡美美的夸奖还是让王佳心里有点硌硬，干吗强调“乡下孩子”？不过胡美美就这样，话不好听，但没坏心思，回头又招呼宋小娥去她家玩。经过上次补习班逃课风波后，现在三家关系比较融洽，一来昊昊子琪就愿意跟着小娥，二来宋小娥也乖乖去上兴趣班，没再“惹事”，家长们都放心多了。李成龙还夸她“热心正直，有大将之风”，让昊昊多学着点。胡美美翻翻白眼：“不就是个小事儿妈嘛，学啥呀。”

但总归三家常来常往，并且目标一致定为“做好幼小衔接，争取上同一所小学”。平时妈妈们遇到就是聊补习班、摇号、报名之类的话题，孩子的未来就像是一张大网，把大家全套了进去。

主角们并不知道那么多，他们只想有得玩，巴不得一睁眼就能在一起。这天下课的时候，昊昊跑来找小娥："放学我们一起去玩儿吧！不带子琪！"子琪在一旁立刻就哼唧上了："干吗不带我，小娥明明是我的好朋友！"

"宋小娥敢抓毛毛虫，还会爬树，她是我大哥，你就爱哭唧唧的，我们不带你！"

"带我带我！"

眼看子琪都快哭了，宋小娥赶紧说："你们不要吵架！好朋友不能吵架，我们三个一起玩。"子琪开心地抱住了宋小娥："我就知道小娥最好了，我们去看猫吗？"

"不看猫，我们去'管闲事'吧。"

"为啥？我妈说管闲事不好！"周婉玲确实叮嘱过子琪，别老跟着宋小娥瞎管闲事。

"嗯，上次我在公交车上给一个老爷爷让座，我妈就骂我管闲事，说车上那么多人，别人为啥不让座。"

宋小娥不同意小伙伴们："给老爷爷让座是做好事。培培姐姐说了，好孩子就是要多做好事！我在乡下的时候，经常带刘斌刘芬去给三叔公抓鸡、扫院子什么的，大家就不会说我管闲事，还给我吃葡萄呢！"

“原来管闲事就是做好事呀，那我跟你一起去管闲事。”子琪最听话了。

“那我们就像孙悟空一样行侠仗义，我要当美猴王！”昊昊在上的小主持人班，最近正教小朋友们背《西游记》。

“我不要当猴子！”子琪反对。

“女孩子真麻烦，那算了，我们叫‘巧虎队’好不好？”昊昊每天都在看《巧虎》动画片。

“不要啦，我要当‘巴啦啦小魔仙’！小魔仙最漂亮了。”

两个小伙伴为管闲事小组的名字吵了起来，宋小娥不得不再次主持大局：“你们别吵啦，那就叫‘巴啦啦小虎队’！子琪是巴啦啦，你是小虎，我是队长！”

“我不要当巴啦啦，我要当小魔仙。”

“子琪，‘小魔仙小虎队’不好听，我们听小娥的，去管闲事吧！”

就这样，一个民间团体“巴啦啦小虎队”莫名其妙就成立了，可是，该管哪些闲事呢？

放学后，队长宋小娥带着两个小跟班在小区里游荡，保安叔叔见了觉得怪好玩的：“小娥，你们怎么不去挖沙荡秋千啦？”

“叔叔，我们要管闲事呢！”子琪很自豪。

“对，行侠仗义！”昊昊今天是男子汉了。

保安叔叔被他们逗得哈哈笑，宋小娥则忙着找“闲事”，然而今天孙阿姨没有晒拖把，李奶奶也没有出来遛弯，小区里一片安静祥和，没有可操心的事。难道说“巴啦啦小虎队”才刚成立就因为业务开展不利要解散了？

“小娥快看，路上有个洞！”昊昊突然喊了一句。

确实，小区的内部道路上，有个下水道的井盖不见了，可能是因为在比较偏僻的地方，暂时还没人发现。

“那我们要把盖子盖回去！”新上任的队长宋小娥布置了首次任务。

“嗯，盖子很脏，我妈妈说女孩子不能把自己弄得脏兮兮的。”子琪又想起了周婉玲的叮嘱。

“你们女孩子真麻烦，不过，我没看到盖子哎！”昊昊是热心的，但没有办法。

“可是得盖上，不然爷爷奶奶散步会摔进去的，小汽车开过去也会掉下去的。”小娥指出了危险性。

“那，那我们去捡树叶盖在上面好不好？”子琪给了一个主意。

"不行，没那么大的树叶。"昊昊否决了。

"有那么大的树叶也踩不了人呀。"小娥说："要不我们捡石头围在旁边，提醒大家不要过来好不好？"

"好呀！"子琪是个小跟屁虫呢。

"我再回家拿画架竖在旁边提醒大家！"昊昊自告奋勇。

巴啦啦小虎队三位成员展开了紧张有序的分工：昊昊回家拿画架，小娥子琪在花圃里捡石头，小娥很注意把小石头给子琪，自己则拿脏的、大的——事情应该是这样呀，她是小队长，她就该承担多一点。奶奶说过的，多做多福气。

没一会儿井口就垒起了一圈石头，高度足够让行人和驾驶员都看见，而昊昊也扛着画架气喘吁吁地跑了过来，他还带来了胡美美的口红，他认为这个颜色鲜艳、涂抹起来方便，比彩笔好用多了。三个孩子不会写字，就在白画板上涂抹了三个巨大的惊叹号，竖在那儿，别有一种触目惊心的效果。合作完成之后，三个孩子特别开心，尤其是昊昊与子琪，他们体验到了一种从未有过的感觉：我帮助了别人，我也是大人了，而且我是特别棒的大人！

原来管闲事的感觉这么好，巴啦啦小虎队真的应该早点成立啊！

三个孩子看了半天，各自满意地回家了，而且队长叮嘱大家：小朋友做好事不留名，雷锋叔叔也是这样做的。所以我们也不要告诉爸爸妈妈！

这件事情却在小区业主群里掀起了一个讨论小高潮，有人拍了一张照片发到群里：

“谁干的这好事儿？”

马上就有人回：“我刚出门的时候还差点在这儿磕了轮胎！”

“物业怎么还没来修？”

“谁那么有心做个警告标志，下面还摆了石头哎。”

“牌子上还放了几朵花，怪可爱的。”

“哪家老人没看见摔下去可糟糕了。”

“年轻人摔了也惨啊！”

“现在真需要这种爱管闲事儿的，人人都这么热心，我们小区绝对文明。”

“确实，实名表扬！”

丁零当啷的微信提醒不断涌出来，王佳忙着审稿，来不及看；周婉玲觉得和自己没关系，做饭去了；只有刚做完报表的胡美美仔细看了看图片，越看越觉得那画架眼熟——画架脚上的缺口是老公搬上楼的时候磕出来的！

她犹犹豫豫地回了一句：“这画架好像是我家的……”

立刻大家都反应了：“你们家谁干的？真好！”

接着就是大家排队点赞，发了许多鼓掌的表情包。

就在此时，物业经理发了一段：“业主们反映的井盖丢失一事我们已经做好处理，已将井盖安回，请大家放心。另据监控显示，做好事的是三位热心小朋友，六岁左右，一男二女，我谨代表物业公司向他们的家长表示感谢，我们会向他们学习，继续做好服务工作。”

三个小孩子做了件大好事，这个消息让业主们都惊叹了，他们纷纷询问胡美美是不是她家的小朋友。

一看物业经理的话，胡美美就知道是自家儿子和小娥、子琪干的好事了，于是她索性在群里一并提到了王佳和周婉玲：“应该是我们家昊昊，还有子琪和小娥。”这下大家纷纷赞美胡美美把孩子教育得好，小小年纪就这样热心公益，长大一定是可用之才，而且把两个妹妹照顾得那么好，现在独生子女家庭里有这样的男孩子真的太可贵了；同时也有人感慨远亲不如近邻，还是要搞好邻里关系，尤其应该多搞以喝酒为主题的联欢活动，这样才能更好地增进感情，并且到时胡美美必须参加，大家还要向她请教育儿经验。一时间业主群里其乐融融、欢乐祥和。

胡美美快活得好像飘在半空中，她从没想过会得到这么高的赞誉。她一直是急脾气，昊昊又是个爱淘气的小男生，她时常会控制不住自己冲昊昊发火，事后又内疚，所以她从来觉得自己做得不好，分外羡慕那些温柔的教育者。可没想到这一天，她获得了邻居们在育儿问题上的赞美，她发现自己做得还不错啊，原来是这样！急脾气可以慢慢改，孩子会慢慢长大，只要他身心健康就是最好的事。回过头来，宋小娥这孩子也不是那么不可取，虽然老捅娄子，但原则问题上还是把得牢的，自从认了她当大哥（儿子也够不着调的）后，昊昊也学好了，多好呢。

想到这里，胡美美立刻给李成龙打了个电话：“老公，去看小区业主群，你儿子干好事了！”

李成龙以为昊昊又捣蛋，急煎煎打开微信，没一分钟就打电话回来，口气里全是惊喜：“嚯，臭小子出息了！”

“你现在马上去买菜，今天晚上用点心烧，我打电话邀小娥、子琪两家来吃晚饭！”

李成龙对老婆言听计从，立刻喜滋滋地上菜场了。

王佳和周婉玲收到邀请后，还没客气上几句，就被胡美美高涨的热情给裹挟着答应了。王佳通知了宋成，周婉玲则订了一个蛋糕，价格也要两三百块钱，算起来和菜金差不多，这才觉得妥当，还是不要欠人家的情比较好。

等到菜烧好上桌，三家人坐定，天已经黑了，房间里灯光明亮，孩子们嘻嘻哈哈，整个屋子沉浸在一种暖洋洋的氛围里。

“来，我们先举杯，为孩子们做的好事情碰一下！”胡美美倒上啤酒，率先发话。

大家纷纷举起杯子，小朋友们端着果汁，也笑哈哈地互相碰杯，这是巴啦啦小虎队成立的第一天，也是他们第一次能在一桌上吃饭，他们的新鲜感和快活感都快满出来了。

“昊昊，大老爷们儿就应该保护世界，这才是个男子汉！”李成龙给每个孩子夹了一个鸡腿，兴奋地对儿子说。

“小娥带着我们一起干的，她也是男子汉吗？”昊昊咬了一口肉，含糊地问。

“小娥带的？”王佳立刻问道。

“对呀，是昊昊看到那个大洞，然后小娥说我们一定要保护大家。”子琪嫩嫩地说。

“子琪你以后看到洞一定要躲远些，掉下去怎么办！”周婉玲还是有点后怕。

“阿姨放心，我会保护子琪的。”李成龙到底是厨师，菜烧得好，宋小娥吃得太欢了以至于一直都没嘴巴说话，这会儿才抬起头来。

“你自己还是小孩子呢，”李成龙端起酒杯就要去跟小娥碰杯，“叔叔就欣赏你这种性格，来，走一个。”宋小娥大大咧咧地举起果汁跟李成龙“当”地碰了杯，仰起头一干而尽，喝完还用手抹抹嘴，这个动作逗得大家都笑了起来。

“宋小娥你这套把戏哪儿学的？”宋成看女儿像看一个宝藏，每天都有新发现。

“一点女孩子的样子都没有，你看看人家子琪，斯斯文文的多好看。”王佳对女儿总是责怪。

“哪里哪里，我们子琪就是太内向怕生了，还要多向昊昊和小娥学习的。”周婉玲客套了起来。胡美美大嗓门地问道：“哎，怎么很少看到你们家老赵啊，今晚过来喝杯酒多好嘛！”

“他呀，做点小生意，老要出门跑客户，所以基本上就我和子琪在家。”周婉玲多少是有些幽怨的，“现在不是说‘丧偶式育儿’嘛，我看我家也是这样子。可他也没办法，总要赚钱嘛，以后子琪要出国留学、买房买车什么的，不都要用到钱，我们年轻的时候辛苦点，总是为了孩子。”

子琪在旁边听着，抬头看看妈妈，说：“可是我想爸爸回家。”

眼看气氛有些愁苦，李成龙赶紧站起来敬酒：“敬我们自己一杯，天下的父母都不容易！”大家也纷纷举杯，胡美美在旁边跟了一句：“是啊，从小到大辛辛苦苦，全身心都在他们身上，就希望他们好好的。”

王佳听了颇有感触，在桌子底下握了握宋成的手。

就在这时，宋小娥忽然说：“可是爸爸妈妈不用这样的。”

大家惊愕地看着小娥。王佳说：“小娥，大人讲话小朋友别插嘴。”

宋小娥挺坚持：“爸爸妈妈不用辛苦的，你们喜欢做什么就去做什么。”

胡美美都听笑了：“小娥呀，你要懂事哟，你每天吃的穿的学的，哪一样不是爸爸妈妈辛苦赚来的呀？大人不辛苦，你怎么长大？”

周婉玲也说：“我都围着孩子打转，还能喜欢什么？”

王佳有点尴尬：“小娥，吃饱了下桌玩去。”

“宋小娥，有见地，跟叔叔说，为啥这么说？”李成龙觉得这丫头怪有趣的，想逗逗她。

“我奶奶说，人要做喜欢的事才开心，开心了才能把事情做好。如果爸爸妈妈觉得辛苦，就不开心了，那小孩子也不开心，就长不大了！”宋小娥一口气讲了一堆话，这是她一直在琢磨的。今天既然大家挺轻松的，她决定好好说说，毕竟前南山村“村长”是讲道理的：“子琪的爸爸老不在家，子琪出来玩妈妈总担心，我都没看过阿姨笑；昊昊的爸爸老让他当男子汉，妈妈总爱发火，也很少看到你们笑；我的妈妈老说我不爱学习就爱管闲事不好，我的爸爸虽然好但总加班，所以也不好了。”宋小娥觉得大人的世界真的一点也不好玩，她真诚地希望所有人能好玩起来，像南山村的牛、母鸡、人，可以自由自在地在田野间玩耍，大家都高高兴兴的。

这些话讲了大人就会听了吧？就能高兴起来了吧？

然而饭桌上突然就安静了，大人们都呆住了，他们脸上流露出了一种奇怪的为难的表情，和高兴好像并没关系。宋小娥的话仿佛一根针，戳破了一个看起来五彩斑斓的肥皂泡，“啪”的一下，大家脸上都挂不住了。

“这孩子都在说什么呢……”胡美美先吭声了。

“啊，对不起对不起，小孩子胡说八道，来，我们敬主人家一杯，谢谢款待。”王佳拉了一把宋成，两个人站起来敬酒。

周婉玲在旁边呆了呆，说：“小娥啊，阿姨是笑得比较少。”

“妈妈你要多笑，你笑起来最漂亮啦！”虽然总被念叨，但子琪很爱妈妈。

昊昊则跟风："我妈妈也最漂亮，不发火的时候！"这句话让胡美美笑也不是，骂也不是。李成龙又开始回敬大家，场面重新热闹起来。

谁都没再去回复宋小娥的话，可她说的话却让人心里生了一个小疙瘩，总堵着，说不出来哪里不舒服。

结束的时候已经是晚上9点多，小孩子们都困了。子琪一个劲儿揉着眼睛还想玩，被周婉玲抱回去了；宋成王佳牵着小娥也告辞了，回家的路上，王佳对宋小娥说："小娥啊，以后在外面，少说话，多吃饭。"

"为什么呀妈妈，我说得不对吗？"宋小娥有些意外。

"也不是不对，就是，跟我们没关系的事少管少说，这样比较安全一点。你去说人家子琪妈妈，昊昊妈妈干什么？人家怎么过日子、管小孩跟你有什么关系？"

"可是妈妈，子琪昊昊是我的好朋友呀，我要帮助他们的爸爸妈妈呀。"

"小事儿妈，你这口气还真大，大人还能比你傻呀，就你聪明呀？"王佳快被气笑了，"反正，人家家里的事儿咱别管！"

“其实我倒觉得我们小娥说得特别好。”一直没吭声的宋成开口了。

“宋成！我这在教育孩子呢，书上说，育儿最忌讳的就是互相拆台。”

“好好好，小娥，你要听妈妈说，不过也听爸爸说两句。你刚才说的，都是真实的情况，你观察得很到位。”

宋小娥抬起头来看爸爸，眼睛里慢慢有了笑意。

“你说我不好，老加班，爸爸确实要检讨，以后争取多陪你玩。”

“爸爸没有不好，爸爸好！”宋小娥有点着急。

“但是呢，我们要管其他人的事，得先从管理好自己开始，对不对？”爸爸这话是有道理的，宋小娥点点头。宋成接着说：“所以呀，你先监督好爸爸妈妈，再去操心别人家的事儿好吗？而且，他们也应该管理好自己呀，不能都丢给你这个小朋友，对吧？”

宋成的意思其实和王佳是差不多的，只是说得更和缓委婉，足够打动宋小娥。她想了想，点点头：“好的爸爸，好的妈妈，我们回家吧。”

一家三口手拉手在夜晚的小区里走着，这真是很温馨的时刻呢。

昊昊家里此时十分不温馨，胡美美终于发现自己在“双 11”熬夜抢到的口红，她最喜欢的色号，被她的“成功教育果实”——宝贝儿子糟蹋得只剩一点点红泥了，不由得怒从心头起，集中朝昊昊发泄：“还说我爱发火！我怎么能不发火！你做事能不能靠点谱啊！你哪怕拿那管我去年买的口红我都没这么生气，你是要把我气死了啊！”

要不是李成龙拉着，昊昊极有可能再次品尝到“板栗炒肉”或“毛栗子”这样的育儿经典菜式。

巴啦啦小虎队成立的第一天，真让人喜忧参半呀！

第八章

爷爷你怎么了

生活每天都在继续，快乐的、悲伤的、闹哄哄的事每天都在发生，孩子们就像向阳地里的小树苗似的，个子在长高，性格也在悄悄发生变化。

周婉玲现在也不怎么阻止子琪跟小娥、昊昊一块儿玩儿了。因为她发现，自己怯生生的小宝贝，自从跟小娥这个“野丫头”做了好朋友，就变得不一样了：不爱哭鼻子了，也更独立开朗了。有一天跟赵宇视频的时候，他都惊讶了，竟然破天荒地对女儿的教育问题发表了点毫无建设性的看法：“我看那个女孩子不错。叫什么？宋小娥？我们女儿和她一起玩儿，倒是挺能取长补短的。以前一跟她视频，没说她两句就开始哭鼻子，今天这唧唧呱呱的小丫头，简直像是别人家的小孩了。我看婉玲你也别管孩子管得那么严了。小孩子，还是得活泼点好。”周婉玲特别不淑女地翻了个白眼，这是她最近跟胡美美学会的新技能，用起来还不是很熟练。她忍不住回答：“别管那么严？应该怎么管合适啊？你这个大老爷这些年都是‘甩手掌柜’，子琪幼儿园大门朝哪儿开你知道吗？我看你才少给我废话，到底什么时候回家？再不回来，你女儿都忘了你长什么样了！”挂了电话，周婉玲又有些开心，偶尔不淑女一下，还是很快乐的嘛。看起来，改变的可不只有子琪呢！

幼儿园放学后到晚饭之前的这段时间，是巴啦啦小虎队固定的活动时间。队长宋小娥今天带的装备是满满一口袋奶奶寄来的番薯干，特别香！队员昊昊带的是“爸爸牌”牛肉干。子琪一边偷偷咽着口水，一边飞快地摇着头：妈妈不让吃零食。昊昊不由分说，塞了块牛肉干到子琪嘴巴里，大大咧咧地说：“我妈妈说了，多吃牛肉长得快！子琪你吃！吃了就能长得和我一样壮了！”子琪艰难地咬着牛肉干，还要抽空反驳说：“我才不要像你呢！我是女孩子！长大了要像妈妈一样漂亮！”唔，可是，这个牛肉干真好吃呀！

三个小伙伴在楼下巡视了一圈，觉得今天还挺和谐的：小野猫没有踩坏王婆婆种的花；孙阿姨今天没拖地，所以没晒拖把；路面上也没看见什么坑坑洼洼的，一切都很好哇。那么，就到绿地里去撒个欢也挺不错的！昊昊蹦蹦跳跳往前走，嘴里还哼着乱七八糟不知道在哪儿学来的歌：“我是勇敢的大灰狼，我一次要吃三只羊！”

忽然，“勇敢的大灰狼”站住了，他拉了拉小娥的衣服，悄悄说：“小娥小娥，你看那个爷爷！好吓人哦！”那是一个特别清瘦的老爷爷，就坐在路边的长椅上。他手里拿着一根拐杖，一看就是打人特别疼的那种。爷爷身上的中山装板板正正，扣子扣到最上面一颗，他的脸上完全没有笑容，银白色的长眉毛好像在生气似的聚在一起，下颌也是一把银白色的小胡子倔强地翘着，怎么看都不是个和蔼可亲的好爷爷。昊昊小声说：“这个很凶很凶的老爷爷上次把鹏鹏给骂哭了！他还要用拐杖打鹏鹏呢！小娥子琪，我们别从他面前过！”

子琪探头看了看，又赶紧缩回来，紧张地说：“小娥小娥怎么办呀？老爷爷好像发现我们了，他在瞪我！”小娥也看了看，竟然准备走过去！昊昊和子琪吓坏了，昊昊赶紧拉着她：“小娥别去！这个爷爷是坏人！”小娥回头严肃地说：“你都不认识这个爷爷，怎么知道他是坏人？”昊昊不服气：“可是他把鹏鹏骂哭了，肯定是个坏人！”小娥说：“这个爷爷骂鹏鹏，是因为鹏鹏当时在欺负小花！我都看见了，小花那时候刚刚生完小宝宝，鹏鹏要用棍子打她，爷爷才骂他的，爷爷是好人！”昊昊想了想，欺负流浪猫的事情，大班那个霸道的孩子鹏鹏好像确实做得出来，鹏鹏和自己的“大哥”小娥谁更值得相信？那肯定是小娥啊！毕竟上次鹏鹏差点要抢走他牛奶的时候，可是小娥救了他！

长椅上的老爷爷眼看着三个小孩在那儿嘀嘀咕咕的不知道说什么。他知道那个扎着羊角辫大眼睛的小姑娘叫小娥，是啊，这个小区里，不认识小娥的人可真不多呢！他喜欢这个小姑娘，因为她不怕他，每次见面都笑嘻嘻地大声问好，要知道，他自己的孙子都说爷爷太凶了！哼，他哪里凶，不就是看起来稍微的，有那么一点点严肃吗？嗯，小娥旁边那个胖小子和娇滴滴的小丫头，看起来也都是好孩子。老爷爷眯着眼睛看了看天，觉得挺愉快的。嗯？那三个孩子竟然一起朝他这边走过来了，后边两个看起来有点胆怯，但是小娥拉着他们的手，快活地跑过来，大声叫道：“胡爷爷胡爷爷，你好呀！你又在看鸟啦？”

为什么长了胡子的爷爷就要变成胡爷爷？不过这

个误会多可爱！“胡爷爷”摸了摸自己的小胡子，并不打算纠正这个错误，他开心地笑着说：“是啊，小娥你看，那边树上有个灰喜鹊，叫得可好听了。”听说有喜鹊，昊昊和子琪早就忘了害怕，围在“胡爷爷”身边，叽叽喳喳也像两只小喜鹊：“爷爷，小鸟儿在哪里？我怎么看不到？”这天傍晚，小区里很多人都看到，那位据说是知名大学里专门研究飞机的退休老教授领着三个孩子，围着一棵大树兴冲冲抬头找喜鹊。嘿，谁说老爷子孤傲难接近？这不是挺和蔼可亲的吗？可见传言不可信！

那天回家，小娥开开心心地在饭桌上和爸爸妈妈讲胡爷爷的故事：胡爷爷懂的可真多啊！他知道灰喜鹊家在哪儿，他还知道小鸟为什么能在天空飞翔！小娥根本没注意到爸爸妈妈在听她说这些的时候，互相交换的无奈眼神。

王佳是真的对女儿这种自来熟又好管闲事的性格苦恼极了，午休的时候都免不了唉声叹气。同事兼闺蜜小林不明白：“王佳，你最近怎么回事？工作压力真这么大，你就跟老总说，这个新媒体谁爱干谁干，咱们不弄了。你不知道女人不能愁眉苦脸吗？老得快！

你看看你，抬头纹都快挤出来了！”

王佳放下筷子，又叹了口气：“工作上的事儿，再难总有解决的办法。我愁的是小娥。这孩子……”

小林更不明白了：“小娥怎么了？孩子接回来了，上幼儿园了，还挺聪明。你家宋成最近加班也比以前少了。你还有什么不满意的？”

王佳说：“你根本不知道，小娥现在在小区里可出名了，人送外号‘小事儿妈’，社区干部都没她忙。”小林眨眨眼：“这有什么？小孩好奇心强，我觉得不是什么坏事。”王佳无奈极了：“你怎么和宋成一个论调？她以前在乡下，人际关系简单，周围要么是老邻居，要么七拐八绕有点亲戚关系。现在能一样吗？一个学龄前儿童，一点安全概念都没有，随便跟谁都能搭话，什么都不怕。这多危险？万一碰到坏人，她有自保能力吗？”

做妈妈的总是这么操心，但是好像也没错。小林代入自家孩子想了一下，认为王佳说得没错，这还真是挺让人担心的。两个人免不了又讨论了一番如何争取盟友（丈夫）共同教育孩子的问题。最后也没啥结论，毕竟，这事专家都没有好办法，何况两个都没什么经验的普通妈妈。

培培老师自己还没当妈妈，所以胡美美总对她不怎么放心：没生过孩子的小丫头，怎么能明白当妈的心？但是向日葵班的所有小朋友都很爱培培姐姐。因为，全幼儿园所有老师里，只有培培姐姐愿意在上课时间带他们跑到操场边的大树下找瓢虫！当然，这是园长伯伯特批过的。

孩子们难得安静地围在一起，听培培姐姐用花花绿绿的卡片介绍各种昆虫和动物：瓢虫背上的花纹原来是不一样的啊！原来蚂蚁们竟然这么聪明！流浪动物可不能随便接近哦……小娥听得很入迷，虽然瓢虫啊蚂蚁啊小猫小狗啊，她觉得自己都很熟了，说是从小到大的玩伴也不过分，但是培培姐姐讲的很多事情她真的是第一次听。小娥很兴奋，忍不住高高地举起了自己的右手。培培姐姐问：“小娥怎么了？”

小娥连忙大声说：“培培姐姐，你上午问我们长大了想做什么，我当时说我还没想好，因为我又想开公交车，又想当科学家！现在我想好了，我以后，要当医生！专门给小动物看病的医生！”培培姐姐鼓励道：“小娥想当兽医啊？那很好啊。小动物们不能讲话，它们生病了，就需要像小娥这样聪明又勇敢的医生来帮助它们。但是大家记不记得培培姐姐曾经跟你们说过，要想实现理想，最重要的是什么呀？”孩子们齐声喊道：“努力！”那一张一张用力绷紧的小脸蛋儿，红扑扑地发着光，培培姐姐这一刻心里满满的都是爱，就想把每个小可爱都抓过来亲一口。

放学回到家，小娥还是很兴奋，她迫不及待地告诉爸爸，自己长大了要做兽医！爸爸很捧场地说：“兽医好啊！有技术，挣钱多！还不怕医闹！”小娥不明白：“爸爸，医闹是什么？”

王佳嗔怪地看了宋成一眼，认真地跟小娥说：“别听你爸爸瞎说。谁说兽医碰不到医闹？不过，做医生是很辛苦的，不管是给人看病还是给小动物看病，都得先好好学习，知道吗？”小娥点点头，大声说：“我知道！培培姐姐也说，要想实现理想，就要从现在开始努力！妈妈，我最近都有乖乖地去上补习班！口算班的老师说我进步可快了！”王佳点点头，的确，最近小娥表现很好，对于妈妈来讲，孩子乖是治疗一切焦虑的良药，王佳心情也跟着明亮了起来，几乎忘却了自己在工作上的彷徨。

第二天是周六，一大早小娥说约了昊昊和子琪一起玩的时候，王佳没多想，也就答应了。反正和孩子们说好了，活动范围不许超过小区的绿地，很安全。

子琪正在家里练琴，周婉玲坐在一边满意地听她熟练地弹着《拜厄》，脑海中仿佛能看见十年之后一个穿白纱礼服的少女坐在舞台中央表演。把她从幻想中叫醒的是楼下一声声“子琪，子琪，赵子琪！”的叫声。子琪也听到了，屁股一扭就想跑到窗边，但是又硬生生地忍住了，转过身来眼巴巴地看着周婉玲，小声说：“妈妈，我能出去玩吗？”

周婉玲看着女儿充满渴望的小眼神，拒绝的话就怎么也说不出口了，只好点了点头。子琪发出了一声快乐的尖叫，跑过来抱住她的脖子，匆匆忙忙地在她脸颊上亲了一口，一边往门口跑，一边叫着：“谢谢妈妈！妈妈最好了！我明天还会认真练琴的！”周婉玲摸着脸上那个湿漉漉的吻，无奈地笑了。走到窗边，没一会儿就看到子琪像只快乐的小鸟，从单元门飞出去，跳到在门口等着的小娥身边，脸上的笑容别提多灿烂了。看到女儿这么开心，周婉玲心里最后那一点小疙瘩也就解开了，开始反思自己平时是不是把子琪管得太严了？你瞧瞧，才给这么点自由，这孩子就高兴成这样。

楼下，子琪拉着小娥的手，开心地蹦蹦跳跳，她跟小娥说："小娥小娥，我妈妈答应我出来玩了！我们去哪里呀？"小娥说："我们在这儿等昊昊。他说他爸爸给他买了一辆滑板车！你玩过滑板车吗？"

子琪摇摇头，她只见过别的小朋友骑着滑板车风驰电掣，周婉玲一直不肯给她买，因为怕她摔跟头，"女孩子万一摔破了腿，留下疤痕以后穿裙子都不好看。"这是她劝子琪时讲的话。小娥也没骑过滑板车，所以很好奇。

这时，昊昊踩着一辆崭新的滑板车，从小路另一边"哗哗哗"地滑了过来。他挺着小胸脯，仰着双下巴，骄傲极了。从家里一路骑过来，他和滑板车吸引了好多小朋友羡慕的眼神，可拉风了！在两个女孩子面前潇洒地把车一停，昊昊问："你们会骑吗？"两个小姑娘动作整齐划一地摇了摇头。昊昊可更骄傲了！自从认了小娥这个"大哥"，这还是自己第一次找到露一手的机会。他无比热情地说："那你们仔细看我怎么做！就这样，双手把住车把，眼睛看着前面，一只脚在地上一蹬，嗖的一下就滑出去了，特别过瘾！”一边说他一边做着示范，然后沮丧地发现，大哥就是大哥，小娥的运动神经好极了，只看了一次就马上学会了，然后再耐心地手把手教起了子琪。就这样，刚上岗的教练昊昊，很快就失业了。

三个人你教我学玩得正开心，昊昊后退的时候不小心撞在了一个年轻男子的身上。那人眉毛一竖，没好气地大声说：“看着点路啊熊孩子！你们在这玩滑板车，撞到人怎么办？去去去，走远点！不然找你们家长！”昊昊愣住了，瘪了瘪嘴想哭，又忍住，因为爸爸李成龙说了，男子汉，不能哭。小娥走过来，把昊昊拉到自己身后，对那人说：“大哥哥，对不起，我们不是故意的，你不要那么凶。”年轻人瞪了他们一眼，气哼哼地走了。小娥看了看吓坏了的小伙伴，说：“走，我们去那边宽敞点的地方就不怕撞到人啦！”

小孩子的坏情绪，来得快去得也快。等到在路边看到胡爷爷的时候，昊昊早就忘了那个很凶的大哥哥。他兴奋地踩着滑板车冲到胡爷爷跟前，炫耀着说：“胡爷爷胡爷爷！你看，这是我爸爸给我买的滑板车！特别的滑！”

胡爷爷都被这个胖小子逗笑了，“特别的滑”算什么形容词？这小子竟然还邀请说：“爷爷，爷爷，你跟我们一起玩滑板车吧！我们两个男生，和她们两个女生比赛！”胡爷爷摇了摇手里的拐杖，笑呵呵地说：“爷爷老咯，踩不动滑板车了。你们三个自己去玩吧，爷爷在这里看着你们！”小娥说：“那爷爷你给我们当裁判，看看谁骑得最好！”胡爷爷这次没拒绝。

昊昊和子琪都想先骑滑板车，两个人又争了起来，子琪说：“妈妈说男孩子要让着女孩子，这叫绅士风度！”昊昊不乐意：“我才不是绅士！这是我的滑板车，我就要先骑！”

小娥也搞不懂，自己的两个朋友怎么动不动就要吵架，赶紧过去调停：“子琪，昊昊说得对，这是他的滑板车，应该他先玩。他骑到那棵大树那里回来，就给你骑，你骑好了我来。”昊昊摸了摸头，忽然觉得有点不好意思，讷讷地说：“算了，我就当绅士吧！子琪你先骑，然后小娥骑，我最后骑。反正滑板车是我的，我什么时候都能玩！”胡爷爷在一边摸着胡子笑眯眯的边听边点头，三个都是好孩子！

商定好了顺序，三个孩子开开心心地风驰电掣起来，玩过一轮之后，昊昊回头想找裁判胡爷爷来评判一下到底谁的车技更高超，结果就看到胡爷爷竟然躺在地上！他愣住了，本能地喊着小娥的名字：“小娥小娥，你看！胡爷爷怎么躺在那儿？”子琪说：“爷爷是不是累了呀？睡着了？”小娥大声喊着：“胡爷爷！胡爷爷！你怎么了？”说着伸手就要去摇他，这时候，昊昊气喘吁吁地跑过来：“小娥小娥，不要动爷爷！爷爷可能生病了！”小娥惊惶地抬起头，昊昊严肃地说：“上次我外公，就是这样忽然昏倒了，后来医生叔叔说，他是什么……中风！还说，不能随便动昏倒的人！胡爷爷是不是和我外公一样，中、中什么风了！”

听到这个，小娥马上站起来，边跑边喊：“我去叫保安叔叔帮忙，你们看着胡爷爷！”两条小辫子在脑后跑得飞了起来。

那天上午，小区里很多人都听见了救护车急促的“嘀——呜——嘀——呜”鸣笛声。救护车带着胡爷爷走了。

小娥、昊昊和子琪呆呆站在原地，担心得不得了。这是他们幼小生命中第一次遇到这种事，那个前一刻还和他们聊天说笑的爷爷，那个知道鸟儿怎么在天上飞的爷爷，中风昏倒了。他们不知道中风是什么，但是本能地担心着，爷爷什么时候才能好起来呢？而他们并不知道，一场大风波，就要来了。

第九章

出大事了

三个小朋友无心再玩，拉着滑板车回家吃饭，途中多少有点担心。子琪最怕了：“爷爷会死吗？”

“不会的，我外公去年坐这个救护车去医院，住了几天就好了。”昊昊有经验。

“刚才你们俩保护爷爷，真棒！”宋小娥总结了一下，还不忘摸摸子琪。这两个小伙伴每天陪伴着她，慢慢地，小娥开始适应城市生活，就要成为一名小学生啦。

宋成今天不加班，炖了一大锅排骨给未来的小学生，这是他的拿手好菜。久炖之下，肉汁变得浓稠发光，肉本身软烂入味，咬一口下去迷人无比，宋小娥铆起来能吃掉一整条肋排，王佳每次都生怕她吃坏肚子。今天也是，在餐桌上，她给小娥不停地夹青菜，堆得孩子碗里都放不下了，小娥忍不住说：“妈妈你慢点夹，我都找不到饭啦。”

“那还不是因为你光吃肉，小孩子要多吃青菜才会变漂亮的。”

“那妈妈，这个青菜是绿色的，我吃下去会变成绿巨人吗？”

“会，会变成一个爱管闲事的绿巨人。”王佳心情好，和女儿开起了玩笑。宋成给女儿夹了块肉，逗她：“绿巨人，今天你有没有管闲事呀？”

“事儿妈”宋小娥现在已经习惯了父母拿“管闲事”来调侃或批评她了，想了一圈白天做过的事，想起来了：“我今天管了胡爷爷！”

“谁是胡爷爷？”

“就是住三号门的那个爷爷呀，今天我和子琪还有昊昊在小区里玩滑板车，胡爷爷摔倒了，我们就管他了。”

“摔倒了？”

“嗯，躺在地上像睡着了，后来我就去找保安叔叔了，后来那个救护车就来了。”

“那么严重？小娥，是不是你们……”王佳听到宋小娥的叙述，陡然之间冒出一个可怕的想法，她迫切需要得到确定的答案，如果真的如她所想，那后果恐怕是难以承担的。就在宋成困惑地看着她时，门铃响了起来。

电子门铃并不是平时家里来客时那种慢吞吞响两下的节奏，而是不停地响，可以判断出门外的人情绪急迫，并且那个急迫直接穿过防盗门冲了进来，让王佳皱起了眉头。宋成去开的门，门外站着一个小伙子，一身嘻哈打扮，怪时髦的，还没等宋成问，他就大着嗓门说：“这是那个小事儿妈家吧？”

这下连宋成都皱眉了：“你要找哪个？”

小伙子一脸桀骜，打量了宋成一眼：“我问清楚了，都说特爱管闲事那小孩，宋小娥，就住这儿，宋小娥，出来！”

王佳一直在里面听着，听到自家孩子被语气不善地点名了，简直像被人用手指戳在自己鼻尖上，不由火了起来，出来就说：“哎你喊啥喊，有事说事，你找宋小娥干什么？”

“干什么？你是她妈吧，你咋不问问你家熊孩子都干了什么？”

宋成有点听不下去了：“到底怎么回事，你是谁？”

“我，三号门张大全家的侄子！”小伙子说了一个小娥全家都没听过的名字，见夫妻俩面露疑色，又跟了一句：“就今天被你们家孩子撞倒那老大爷家的。”

宋小娥一听赶紧跑出来："胡爷爷不是我撞倒的！"

小伙子没好气地说："别长胡子你就喊胡爷爷，我们姓张！"

王佳脑子里"嗡"的一下，怕啥来啥，事情果然如她所想的那样，这真是大事情了。她一把拽住女儿："说，到底怎么回事？！"

看到妈妈的脸色变得青白，抓着自己肩膀的手力气很大，宋小娥有些意外，但还是努力把事情的经过说清楚："下午我和子琪还有昊昊在小区里面玩滑板车，胡……张爷爷在旁边散步，我还和他一起玩，然后爷爷就摔倒了，我也不知道怎么回事。"

"你也不知道怎么回事！小孩子不懂事，大人不知道教吗？滑板车那么快在小区里穿来穿去，怎么不会撞到人？我大伯天天出来散步，没事儿他会自己摔倒？怎么早不摔晚不摔，就在你们骑滑板车的时候摔？明明就是你们骑车太快了，把不住，就把人给撞了……小孩儿你别想耍赖！"

"我没耍赖！爷爷摔倒的时候我没在玩滑板车！"宋小娥并不知道自己这句话引爆了什么，那个小伙子立刻就嚷了起来："责任倒是撇得清！你没在玩，那还有谁在玩?"

"子琪和昊昊。"面前这个大人疾言厉色的,但宋小娥还是勇敢地澄清:"但也不是他们撞倒爷爷的!"

"你说不是就不是啊?熊孩子的话能信就怪了!"

宋成有点火:"你注意点儿啊,情况还没搞清楚,你少胡说八道!"

"我胡说八道?老人现在躺在医院里还没醒,儿女在外地,就我一个侄子跑进跑出,我不得来找你们啊,冤有头债有主,一个也别想跑。"

"你说是孩子撞的你大伯,你有证据吗?"王佳也出声了。

"证据?现场就我大伯和仨小孩,但是,邻居说你们孩子滑板车的速度一直很快,对,还有个男的都被撞了一下!我有他电话,要不要你问问?"

"走,我们去物业看监控,我就不信查不清楚。"宋成拉着年轻人的衣服就走,却被对方挣脱了:"干吗,要打架?我告诉你,监控我去查过了,保安说那片儿的摄像头正好在白玉兰树边上,今年白玉兰树长得快,物业还没来得及修剪,所以给摄像头遮了个严严实实。不过别以为能逃得了,敢不敢把那俩小孩给我叫来，我当面问！”他边说边拿手指着宋成，场面很难看了。

大人间的推搡动作有点吓着宋小娥了，她拼命去拉宋成的手：“爸爸，不能打架，打架不是好孩子！”

王佳也有点慌了：万一真的是宋小娥撞的老人，那真是出大事儿了，里面牵涉到的责任和赔偿绝对不是小数额；如果不是宋小娥撞的，那会不会确实是另两个孩子，那他们家也不能背这个锅……她王佳是做了什么孽，不，她宋小娥是做了什么孽啊！王佳声音陡然拔高了：“宋小娥，你看看你，都干了什么好事！”

宋小娥完全无法理解事情怎么变成了这样，格外凶的叔叔，快和人打起来的爸爸，还有发火的妈妈，他们像一团暴风雨云，黑沉沉地，嗡嗡地压在六岁的宋小娥身上，让她透不过气来。可是不能哭的，奶奶说过，要想办法，一定有办法的。既然她一个人说话不算数，那么就喊昊昊和子琪一起来说，小伙伴们团结起来，问题就能解决！

于是她飞速推开门跑了出去，丢下一句：“我去叫昊昊和子琪！”就消失在楼道里了。三个大人正掰扯不清，猛地看见小孩跑了，都愣住了。小伙子冷笑一句：

“哼，正好三家一起来排排轮班护理和赔偿的事儿。”

王佳看看宋成，他紧锁着眉头，不知道在想什么。王佳心里面乱极了，她想老爷子万一救不回来，都没地儿说理去，相关的赔偿一定少不了，钱倒是在其次，孩子以后有了心理阴影怎么办？这一辈子怎么健康长大？老爷子最好能救回来，可是护理万一是个长期的活儿，她能不能承受得起？好不容易在城里安了这个小家，每个月还在还房贷，以后小娥要学习生活，两边的老人也慢慢老了，用钱的地方只会越来越多，她王佳怎么扛得起？拉拉杂杂地越想越多，王佳的心也越来越凉，她只是个年轻女人，此刻她又想哭，又想发怒，然而面前还站着一个凶巴巴的债主，百般情绪只能在心里像龙卷风一样，越卷越大，奔突不出。

三个成年人竟这样各怀心事地杵在门口，直到楼梯里传来声响，是胡美美的高跟鞋响，同时传来的是她高亢的女声：“我说王佳，你们宋小娥又闹啥幺蛾子啊，大休息天的非把我们拉过来，说什么滑板车，爷爷摔倒的，什么情况啊？”

周婉玲也跟过来了：“是不是他们三个又惹祸了呀？”

宋小娥牵着昊昊子琪："昊昊子琪，你们跟这个叔叔说，爷爷不是我们滑板车撞的。"

昊昊抬头认真地说："叔叔，爷爷不是我们撞的。"子琪也跟着说："叔叔，我们是做好事呀。"

小伙子快给气笑了："做好事？那我是不是要谢谢你们啊？我大伯还躺在医院没醒呢，倒成你们做好事了，这么点大的孩子就知道撒谎耍赖？到底谁撞的我大伯！"

胡美美第一个意识到发生了什么，兹事体大，她立刻做出反应："哎，你对着孩子喊什么？谁闯的祸谁认，把我们喊过来干吗！"

王佳一听这话不对，赶紧说："美美你这话说的，明明是三个孩子一起玩的……"

周婉玲也搞明白了，撞倒老人这种事现在在社会新闻上常有听说，这可不是她能承担的，所以有点慌："我们家子琪不会的，她胆子小，滑滑板车速度不快，平常又文静有礼貌，怎么可能撞老人家嘛。"

王佳感觉自己像洗衣机甩干模式里被甩出来的衣服，皱巴巴的，还干干的，干到嘴巴都变苦了，她不知道该怎么自证清白。而胡美美还在说："唉，小娥啊，确实是个挺不错的孩子，就是太野了，再这样散养下去，将来不知道会捅什么大娄子啊。”周婉玲怕事，所以今天她说话也有点重：“王佳，今天这个事情也当是买个教训吧，以后对小娥该严格还是要严格的。”

王佳很无力：“三个孩子一起玩，为什么只说宋小娥……”

小伙子适时地追了上来：“你们三家到底什么意思？别耍赖啊，今晚就得出个人陪护，接下来医疗费误工费营养费精神损失费我们慢慢算！ICU 花钱如流水，你们一家准备十万吧。”

宋成终于插上话来：“这什么事都没搞清呢，你就来个狮子大张口，凭什么？”

周婉玲一听就崩溃了：“什么？十万？我们子琪老实巴交在家待着，不是被小娥叫出去玩，不是玩昊昊的滑板车，哪会出这样的事？这谁在大街上摔倒了，和我们有什么关系啊？”胡美美也不干了：“周婉玲你怎么这么说话呢！滑板车是我们昊昊的不假，那也不能说撞人就是我们的事啊！”王佳：“你！你这是……你的意思，撞人就一定是我家小娥干的了？”

一群大人夹缠不清地吵了起来。

子琪吓哭了，她的妈妈正忙着争辩责任的事，没顾上孩子，她站在旁边可怜巴巴地用手抹着眼泪；昊昊生气了，皱着眉头冲他妈妈喊了几句，可并没有得到理会，于是叉着腰气鼓鼓地站着；宋小娥看见了，过去钩着他脖子："走，我们去保护子琪。"然后两个孩子一起抱住了赵子琪，昊昊说："子琪不哭，我们会保护你的。"小娥则用袖子擦干净了子琪的眼泪："子琪，吵架不是好孩子，我们去喂流浪猫好吗？"

同伴的温暖让子琪不哭了，她点点头，三个小朋友手拉手下楼去了。

大人们还在争吵。大人们多不好玩啊，有什么好吵的呢，事情如此简单，他们并没有做错，根本不需要多说。玩才是最重要的。

王佳觉得很累啊，所有矛头都指向她，她的孩子闯祸了，她没有教好孩子，她不是一个好妈妈，她自己的事业也没有搞明白，她真的很失败很失败……如果，如果当初不把小娥接回来，也许就没这些麻烦了……在飘飘忽忽的争吵中，这个念头越来越清晰，它牢牢抓住了王佳，她急切地需要一个出口："小娥？宋小娥？你给我滚出来！你闯的祸自己来收拾！"

没有回应，而所有人都在看着她。

宋成没好气地说：“你瞎喊啥，小娥没在屋里，这家伙，跑哪儿去了？”

就在王佳一脑子糟乱的时候，楼道里传来小孩子叽叽喳喳的说话声，然后她看到自己家的“小讨债鬼”抱着个什么东西一步一步往上挪，边走还边说：“你怎么吃得这么胖呀？再乱吃东西姐姐就抱不动你了。”

定睛一看，王佳发现宋小娥手里抱着一只脏兮兮湿漉漉的大黄猫。大黄猫看见人多，飞机耳挂了下来，嘴里发出“哈！哈！”的威胁声，宋小娥还紧紧抱着它，今天刚换的淡粉色外套已经被蹭脏了。那是王佳出差的时候买的，选的时候满心温柔的爱，此时变成了一肚子脏污的气。她厉声喝道：“宋小娥！都什么时候了，你还出去疯，还抱这么脏一只野猫回来！”

宋小娥吓得一抖，大黄猫“嗖”地就从她手上挣脱开去，还不忘咬上一口，一下子就蹿进了开着的房门，就听见房间里“哐当”一响，什么东西砸地上碎了。

宋成喊声“糟糕”，进了房间，只见餐桌上烧好的那盆排骨被猫踹到了地上，而肇事者叼了一大块排骨，溜着边地逃了。

这边周婉玲喊了起来："哎呀，小娥的手……出血了！子琪你给我过来，这个猫有狂犬病的！"胡美美也立刻拉过昊昊："王佳你赶紧带孩子去打针呀！这孩子，真是不嫌事儿大。"宋成赶紧拉过小娥的手看，小伙子有点愣，还不忘凑个热闹："一起上医院看我大伯去！"

万箭齐发，箭箭扎心，这就是王佳此刻的感觉。

她忽然冷静下来，把女儿从宋成怀里拉过来："说，为什么惹祸？"

看着满脸乌云密布的妈妈，宋小娥有点怵："妈妈，猫受伤了，我带它回来涂碘酒呢。"

"我不是说猫，我说到底谁撞的爷爷。"

"没人撞啊，他自己摔跤的。"

"给你最后一次机会，老实说。"

"真的不是……"

宋小娥还没说完，王佳已经忍不住了，她一把抓住宋小娥，重重地打她，一下、两下、三下……击打就像把她心里划了一道口子，里面积攒的疲累疼惜一下子全顺着这口子奔涌出来了："我是欠了你什么啊宋小娥？成天到晚给我闯祸！还会撒谎了？”

宋小娥挣扎着捂屁股：“妈妈不能打我！我没错！”

小伙子不干了：“那是我错啊？小小年纪嘴真硬，大人怎么教的！”

宋小娥怒了，也顾不得屁股，瞪着青年：“叔叔坏，叔叔骗人！”

王佳打得兴起了：“你还犟嘴，今天不好好给你一次教训，我叫你妈！”

宋小娥吃痛，喊了起来：“爸爸，爸爸！”

宋成已经失了方寸，忍痛说：“小娥啊小娥，真该教训教训你了，别喊我，没用。”

失去了同盟，宋小娥“嗷”的一下就哭了出来。

王佳厉声道：“宋小娥，不许哭，你憋回去！你一天也不让我安生！你还好意思哭？你看看我这头发白的，就是要操心你！你天天出去惹事，天天气我！到底要我怎么做你才满意啊？你说！”

宋小娥没听懂她妈逻辑错误的一番话，只会哭哭啼啼地说：“妈妈，我没有，爷爷不是我撞的。”

宋成听不下去了：“都什么时候了，你还不老实说吗？我跟你说过多少次了，出去好好玩儿，别惹事，别管闲事，你就是不听。现在可好，人家都找上门来了，你还不认？这回舒服了？”

小伙子也跟着说：“大人都承认了，就你咬牙紧！”

宋小娥环顾周围：坏叔叔抄着手；胡美美护着昊昊，警惕地看着她；周婉玲有些看不过，要拉王佳；子琪在哭；爸爸在摇头；妈妈，妈妈在打她……她并不怕痛，只是感到前所未有地孤独，好像自己一个人被丢在旷野里，她大声喊了出来：“你胡说，你坏，你们都是坏人！我讨厌爸爸妈妈！”然后她挣开了王佳的手，撒腿就跑。

周婉玲要拉她，宋成气呼呼地说：“子琪妈妈你别拉她，这孩子真是惯坏了，连大人都敢骂，让她跑，看她跑哪去？有本事她别回来！”

王佳心里对自己十分失望，疲惫地说：“这孩子，我真管不了了，怎么办啊……”

胡美美用胳膊肘拐了一下周婉玲：“得，咱也走吧，别凑热闹了。”

小伙子看这情况，嘴也不松：“别走啊，事儿还没了呢！”

就在这时，楼道里传来女人的声音：“我说楼下的，吵什么吵，还让不让人休息了？”接着过来个人，是308那位永远拧不干墩布的卷发孙阿姨。

王佳没心情理，胡美美打了个招呼：“是孙姐呀！你得给我们评评理，有人说，孩子们在小区里玩，把他们老人撞倒了，就嚷嚷着让我们赔钱……”

卷发孙阿姨可不是个善茬儿，上来就打断胡美美：“评什么理？赔什么钱？他红口白牙就说是人家孩子撞的，他看见了？”周婉玲在旁边补充：“可不是！这仨孩子，除了宋小娥爱管闲事……”

“爱管闲事怎么了？”孙阿姨口风忽然变化了，“小娥这孩子是爱管闲事，也挺烦，但是个好孩子。她善良，仁义，朴实，不爱招灾惹祸的，你们要是冤屈了人家孩子，我可不答应！”

孙阿姨又对着宋成说：“你个大老爷们儿就知道打孩子？人家说啥就是啥？报警啊，打110啊！”

一句话惊醒一帮已经稀里糊涂的大人，宋成和小伙子都拿起了电话，胡美美和周婉玲也趁机带孩子走了。周围安静了下来。

真是乱七八糟啊，宋小娥又跑去哪里了呢？

王佳疲惫得不行。

第十章

小娥不见了

孙阿姨一句“报警啊”提醒了吵架的双方：争来争去的能解决什么问题？找警察！于是，各自打电话报警，一个说自家被人上门讹诈，一个说伯父被邻居小孩撞进医院，对方要赖不肯认账。总之就是“这事儿必须得麻烦警察同志出面！”

没多一会儿，辖区派出所就来了一位民警同志，宋成和小伙子围了上去，你一言我一语，没两句就把警察同志弄蒙了：这七嘴八舌的怎么判断？孙阿姨在旁边说：“那几个孩子我知道，淘气调皮有可能，干坏事不可能。尤其是宋小娥这个孩子，你说她去扶老人家起来，我相信。你说她撞了人跑了，我可不信。”说完，孙阿姨还不忘白了宋成和王佳一眼：“我说你们做父母的可真行，自己闺女什么样心里不清楚吗？来一个外人说两句话，你们就打孩子？真是好父母。”王佳被这话呛得脸都涨红了。小伙子不干了：“哎，我说大姐，你凭什么说不是这几个孩子干的？我明明听说，下午就是这仨小孩儿在小区里玩滑板车，速度还贼快！

也有人看见，我大伯倒在地上的时候，他们几个就在旁边。你们别仗着是邻居，人多欺负我啊！警察同志，你可得给我做主，让他们家赔医药费！”然后手一指宋成，告状说：“就这人，抵赖不说，刚才还差点要打我！”

民警看了他一眼，说：“我可没权力让他赔你钱，我管治安事件。他不是没打你嘛！有什么问题不能协商解决，非得到人家门口闹？”又对宋成说：“你也是，打人能解决问题吗？你看看你们，都这么大人了，就不能成熟点？也不怕吓着孩子。”小伙子不服气，梗着脖子想再说两句，民警同志劝道：“你伯父不是还在医院抢救吗？你不去守着，还在这儿闹？要真是像你说的，他们要赖医药费，你可以走法律途径！”

听到警察这么说，小伙子这才狠狠地留下一句：“要是我伯父有个什么三长两短，我跟你们没完！”转身走了。

送走了民警，夫妻俩进了屋，被这一场兵荒马乱弄得疲惫不堪。在沙发上坐了一会儿，王佳觉得屋子里安静得有点不正常，就问宋成：“小娥呢？”宋成想了想：“刚才你打了她两下，她不是跑出去了？应该还在楼下没上来。”王佳一听，有点慌，这又吵架又叫警察的，怎么也有快一个小时了，孩子就自己在外面待着吗？饭还没吃完呢！这么一说，宋成也有点担心，但是嘴上还是说：“你说得对，这孩子，就该吃点教训！这下闯了大祸，必须好好治一治她这个爱管闲事的毛病。”但是当妈的心总是软，王佳急匆匆地下楼去找孩子。

没两分钟，宋成的手机响了，王佳急得都带出了哭腔：“宋成！小娥没在楼下！她不见了！”宋成蹦起来就往外跑，还一边安慰着妻子：“你先别慌！没事儿的，我马上下来，咱们一起找！”

夫妻俩在楼下找了好半天，没有；又把小娥平时爱去的地方找了个遍，也没有；还打电话给胡美美和周婉玲，可小娥没去找过昊昊，也没去找子琪。在电话里，子琪怯生生地告诉王佳：“阿姨，小娥最喜欢我们幼儿园里那棵大树了，那里有我们的秘密花园，她会不会去那里了呀？你找到她不要再打她了，我们真的没有撞到爷爷，是那个叔叔撒谎！”

王佳和宋成跑到幼儿园，跟门卫大爷一起跑到了大树下，孩子们种的花快开了，花骨朵在风里点着头，可是小娥没在那儿。

小娥去哪儿了？

此时的小娥走在路上，满腹心事，她打算回乡下找奶奶，很明显，爸爸妈妈已经不爱她了：爸爸冤枉她！妈妈打了她！想吃的排骨还被自己救的小猫打翻了！今天可真是糟糕的一天。但是，只要见到奶奶，一切就会好起来的。奶奶爱小娥，她会相信小娥是个好孩子，没有撞到胡，啊不，张爷爷。小娥想：我才不伤心！奶奶说过，大人有时候也会犯错！就是爸爸妈妈错了！她一边抹眼泪，一边沿着大路跑出了小区，连保安叔叔在身后叫她也没理会，心里只想着快点找到火车站。她还记得当时是跟着妈妈一起坐火车到城里来的，要回去，肯定也要坐火车！

民警王大民今天休班，正要去父母家吃饭。忽然看见马路对面一个五六岁的小女孩，独自一个人急匆匆地往前走，边走还边抹眼泪，周围也没大人跟着，看着就像离家出走。王大民虽然是个刚毕业分配到派出所的新警察，职业素养还是有的。他走到小女孩身边，出声问道：“小姑娘，你一个人去哪儿啊？你爸妈呢？”

小娥站下，警惕地看着眼前的陌生人——因为休班，王大民穿的便装。培培姐姐和爸爸妈妈都说过，在外面不能和陌生人说话。虽然这个大哥哥看着不像坏人，但是小娥不认识他啊。王大民看着这个眼眶湿湿红红却满脸倔强的小姑娘，心里还是满意的：小朋友有警惕性，这是好事啊。王大民蹲下，笑着说：“叔叔不是坏人，是警察。给你看叔叔的证件。你跟我说，你为什么一个人在这里？”说着掏出了警官证，翻开里面穿着警服的照片，放到自己的脸边，示意小娥自己就是如假包换的警察叔叔。小娥眼神闪了闪，低下头：“爸爸妈妈不要我了，我要去找奶奶。”

王大民心里有了数，这肯定是和爸爸妈妈吵架跑出来的，啧啧，现在的孩子够早熟的，学龄前儿童都提前进入叛逆期了。王大民说：“爸爸妈妈怎么可能不要你，肯定是你误会了。”

“我没有撞倒胡爷爷，他们非不相信我，还打我！我要回乡下找奶奶！”

王大民说：“小姑娘，你要找奶奶，那你知道奶奶家在哪儿吗？”

小娥看了王大民一眼：“我六岁了，不叫小姑娘，我叫宋小娥！我奶奶住在南山村，家门口有两棵橘子树。”

王大民不知道南山村在哪儿，他肯定小娥也不知道该怎么回南山村。作为一个人民警察，他不能放着这个孩子一个人在这么大的城市里乱跑，她可能碰到的危险太多了。他对小娥说：“小姑娘……哦，小娥，要不然，你先跟叔叔回派出所，我们查查你奶奶住的南山村到底怎么走，然后叔叔送你回去好不好？”小娥咬着嘴唇不吭声。王大民想了想，拨了个电话出去：“袁芳姐，你还在所里吗？你能来一下吗？我在春晖路和青年路路口这里，有这么个事儿……”

民警袁芳赶过来的时候，王大民和小娥聊得正开心，除了因为一心不想回去而不愿意说出自家地址和爸妈电话之外，小娥几乎已经把这六年的生活经历都跟王大民唠了一遍：奶奶做的香肠多好吃，老五有多乖，家里橘子树的果子可甜了，到了城里认识了两个好朋友，幼儿园里那棵大树特别漂亮……

王大民看见袁芳，眼睛都亮了，悄声和袁芳说：“袁芳姐你可来了！这孩子我可交给你了，你带她回所里，问问她爸妈电话。我跟你说，这孩子，太能唠了，我感觉二十多年来，我今天的话量达到了峰值。”

袁芳看了看小娥，小娥也抬头看着这个穿一身警服，英姿飒爽的阿姨，眼睛里有一丝羡慕。她声音清脆地说：“阿姨你真威风！我长大了能不能当警察？”说完又苦恼地皱了皱眉头：“可是我前两天才下定决心以后要当兽医的。培培姐姐说，人要立长志，不能常立志。怎么办呢？”

袁芳扑哧一声笑了：“小家伙，你现在苦恼这些也太早了吧？你今年几岁了？上学了吗？叫什么名字？家住哪里？你爸爸妈妈呢？”

“阿姨，我叫宋小娥，今年六岁了。我爸爸叫宋成，妈妈叫王佳。我家住在……我不想告诉你，因为我不想回家，我要回乡下找奶奶。”小娥说着低下了头，看起来很伤心的样子。

袁芳看着小娥，想起了自己的女儿，声音忍不住更温柔了：“你不回家，爸爸妈妈肯定很担心你。”

小娥说：“不会的。爸爸说我闯了大祸，他们肯定不爱我了。但是我没有撒谎！我和昊昊子琪都是好孩子，我们没做错事，是那个叔叔不对，可是妈妈还打了我。我救了小猫，可是它咬我，还打翻了排骨……

那个排骨我还没吃到呢，肯定很香。阿姨，我不去找爸爸妈妈，我要去找奶奶，找到奶奶就好了，奶奶肯定不会冤枉我的。”说到这儿，她情不自禁地又扁起了嘴。再怎么大胆爱笑，小娥也只是个六岁的小姑娘呀，今天她可真没少受罪。

袁芳和王大民只能从小娥这段话里判断出，这孩子受了委屈，一时不愿意回家。可是她是谁家的小姑娘？不知道。两人对视一眼，正准备再套套话，看能不能让孩子主动说出父母的联系方式，就听到有人惊讶地叫着小娥的名字：“宋小娥！你怎么跑这儿来了？你爸妈找你都找疯了！”

一个四十来岁，穿着保安制服的男子走了过来。王大民眯着眼睛打量了一下来人：一口叫出小娥的名字，而且面带焦急，眼神毫不躲闪。嗯，这人应该没有说谎，他认得宋小娥。袁芳开口问：“你认识这个孩子？”

“这是我们小区业主的孩子，叫宋小娥，她父母和邻居现在都在到处找她呢。”

王大民赶紧说：“你有她家人联系方式吗？快点打个电话让他们过来领孩子！”

大人们的话宋小娥听得清清楚楚，一听说让家长领孩子，她顿感不妙，拔腿就跑。如果被爸爸妈妈领回去，肯定还得挨顿削，她不想再那样伤心了。

袁芳一回头，就看见小娥甩着两条小辫子，正准备跑过马路。车来车往，袁芳不敢大声喊，怕孩子听见了跑得更快，只能自己冲出去，想在她跑到马路上之前把她拉住。但是，来不及了，一声急促的刹车过后，就看不见孩子了，袁芳只觉得浑身的血都凉了。

宋成和王佳正在满大街找小娥呢。宋成忍不住嘟囔了一句：“你就是脾气太急了，有什么事不能好好跟她讲，你非要打她干什么？”王佳又担心又生气，反驳道：“你这是怪我？刚才是谁说要给她点教训，不用下楼找的？你现在倒成了事后诸葛亮了！”

宋成张了张嘴，到底没吭声：孩子都不见了，还说这些干什么呢？王佳现在是真着急，心里火烧火燎的：“这孩子到底跑哪儿了？我们都跑了好几条街了，她一个六岁的小姑娘，能跑到这么远的地方吗？别是碰到坏人了吧？”

宋成赶紧安慰：“你别自己吓唬自己，小娥机灵着呢！唉？你说她会不会想回去找奶奶？”

王佳一愣，看了丈夫一眼，两人同时大喊了一声："火车站！"拔腿就往火车站方向跑。这时，宋成的手机响了，打来电话的正是那位小区保安，听完他的话，王佳当时腿就软了——小娥被车撞了，现在被送到医院了。

王佳和宋成用最快的速度赶到了医院。王佳几乎把整个身体都扑在导诊台上，急切地问值班护士："护士，刚才有没有一个六岁的小女孩儿被送来，她、她到底伤得怎么样了？"宋成扶住妻子颤抖的身子，也看向那个小护士，生怕从她嘴里听到什么不好的消息。

这时，宋成感到自己的肩膀被人拍了一下，一回头就看见保安大哥憨厚的笑脸，赶忙抓着对方的胳膊："张大哥！你看见我家小娥了？"

老张被宋成攥得痛，赶紧说："我怕你们两口子着急，所以特意在这儿等你们，小娥在楼上呢。"

"张大哥，张大哥，你跟我说实话，我女儿怎么样了？"王佳边说边流眼泪，因为一路拼命找女儿，她认真梳好的头发现在散乱着，裙子下的丝袜也挂了一个口子，眼泪不停往下流，她已经顾不上这些不体面了，她就想知道宋小娥好好的，一切都好好的！

“小娥她妈，你别慌，孩子没大事，警察同志在看着她呢。”

王佳更慌了，如果不是宋成转过来扶着，她都要支撑不住自己了：“什么？为什么有警察？小娥她……”眼看王佳就要呜咽出声，老张心想自己也说不清楚，就拉着夫妻俩一起往病房去。

只是从一楼上二楼，王佳已经失魂落魄，恨不得立刻长出翅膀飞过去，紧赶慢赶，好不容易到了。

三人病房，小娥躺在最靠窗的那张床上。小小的身子在被子里显得可怜兮兮的，早上还绑得好好的小辫子早就散开了，脸上倒没有什么伤口，只是闭着眼睛睡着了，看不出来伤到哪儿，伤势严不严重。

看到一向活蹦乱跳的女儿这样无声无息躺在病床上，王佳的心都快痛裂了，她“嗷”的一下就哭了出来，宋成也红了眼眶。王佳正要往前冲，守在旁边的袁芳赶紧拉住她：“孩子刚睡着，别吵醒她。”

宋成这才发现穿着警服的袁芳，哑着声音叫了一句：“警察同志，我女儿……”

袁芳说：“宋小娥没大事，别担心。”

王佳赶紧问：“那你们怎么在？到底出什么事了？”

“我们是在路上碰到小娥的，她当时就一个人。我们怎么也问不出这孩子家住哪儿，父母的联系方式也不说。要不是这位保安大哥，现在我们还联系不上你呢。不过你们到底怎么回事？这孩子一听要找父母，马上转身就跑，这才没留神差点被车撞了。”

旁边一位满脸大汗的年轻男子也搭腔说：“可不是嘛！我好好开着车，这孩子突然冲到马路上，要不是我车速不快，反应够快，刹车踩得及时，今天就出大事了！我跟你们说，我可没跑，我和警察同志一起把孩子送到医院的，医药费我也付了，警察同志你可得给我作证啊！”

袁芳点点头，表示他说得没错，转头又对宋成和王佳说：“医生给小娥检查过了，没撞着，孩子被擦了一下，存在软组织挫伤的情况。现在留院观察一下看有没有脑震荡。”

王佳听到这话，才渐渐放下心来。她走上前，摸摸小娥的头发，又摸摸她的脸蛋，再摸摸她的小手，脑子里都是小娥平常嘻嘻哈哈的声音：“妈妈你最好看了”“妈妈我会做乖孩子的”“妈妈我给你摘了一朵花，好不好看？”……她紧紧握着小娥的手，眼泪一颗一颗地掉下来，砸在病床上，打湿了一片。

这边宋成和车主互留了联系方式，让对方回家。袁芳见证了这个过程，然后对宋成说：“今天万幸，没出大事。但是我得说说你们，孩子才几岁，你们当父母的心也太大了，就让她自己一个人在街上乱跑！社会新闻从来不看是吗？等到出事了，你们哭都来不及。”

宋成忙点头：“您批评得对，确实是我们教育方法太急躁了，下次一定注意。”

袁芳软了声音又说：“都是做父母的，我也能理解你们。但是通过今天的谈话，我觉得小娥是个好孩子。我不清楚具体发生了什么事，但是我建议你们不妨多信任自己的孩子。”

送走袁芳，宋成来陪着王佳一起坐在床边，等小娥醒来。

王佳眼睛红红地呆了半晌，忽然说：“宋成，我们是不是真的冤枉孩子了？”

宋成没说话，低下了头，心里也在想同一件事。为什么邻居，甚至陌生的警察都愿意相信孩子们，他们做父母的却不能呢？

王佳在微信群里把小娥平安找到的消息告诉了胡美美和周婉玲。想了想又加了一段话：“我现在明白了，孩子平安快乐是最重要的。我是她的妈妈，本应该保护她。”

群里沉默了一会儿，胡美美的消息跳了出来：“你说得对，我们应该保护孩子。我现在就出门找证据去！我就说我家小混蛋虽然淘气，但是绝对不是做了错事不认账的坏孩子！”

周婉玲也说：“美美，你等我，我把子琪送去你家，我和你一起去！”

这可真不愧是“火爆小辣椒”胡美美，行动力真是一级棒！

王佳收起手机，闭上眼睛，把女儿的小手贴在自己的脸上轻轻摩挲着，这个孩子那么软那么小，她刚才怎么能那么狠心打她呢！她宁可被撞的是自己。她想到宋小娥刚进城那会儿，黝黑结实，碰到什么开心的事都哈哈哈，碰到不该她管的事也要伸手，那么有生命力的一个小孩子，现在静静躺在病床上，蜷成这么小小一团，像是无依无靠一般。是自己做错了，可是，究竟该怎样爱一个小孩子才对呢？

宋成心里也不好过，正坐着出神，兜里的手机忽然振动了起来，把他吓一跳。等到掏出手机，他更是吓了一跳，电话是奶奶打来的！他赶紧接了。王佳只听他叫了一声妈之后，声音陡然高了一个八度：“什么？现在？”

挂了电话宋成就往门外跑，只来得及回头跟王佳说了一句：“咱妈来了，已经到火车站了！我现在去接她！”

第十一章

奶奶来了

宋小娥进城这么久了，奶奶一直牵挂着她。在身边从小带到大的孩子，骤然走了，屋子一下就冷清了下来，奶奶也适应了一阵子。好在农村活多人多，乡里乡亲串串门，也就习惯了。奶奶想，孩子大了都要飞的，就不去给他们添麻烦了吧，所以也就是偶尔地和宋小娥打个电话。一开始奶奶都不需要说什么，宋小娥一个人就可以叽叽喳喳地说个没完：认识了什么新朋友、新家有什么新发现、幼儿园里有什么好玩的东西……可是慢慢地，宋小娥的话开始变少，有时还显出犹疑担心的情绪，奶奶觉得有必要进城一趟，看看究竟怎么了。

宋成在火车站接到了奶奶，大包小包带的，几乎都是宋小娥爱吃的：番薯干、冻米糖、南瓜粿……奶奶一见面就问小娥好吗。宋成心里有愧，低头接过他妈手上的东西，带着奶奶就直奔医院来了。在车上，他给奶奶说了最近发生的事，也说了宋小娥受伤入院的事，末了他说：“妈，我真不知道怎么管教小娥，都管着吧，怕影响她性格；啥都不管由着她去吧，就捅出这么大娄子来。”

奶奶半晌说不出话，心里像被人狠狠打了一下，疼得透不过气来。在奶奶的认知里，没有带不好的孩子，只有做不对的大人，这半年来，孩子是遭了多大罪啊。奶奶摇了摇头，什么话也没说，只是想早一点见到孙女。

医院里人真多啊，吵吵嚷嚷的，有的人躺在推车上，有的人还包扎着，大家都是忧心忡忡的样子。奶奶默默地跟着宋成，一路赶到病房。王佳看见婆婆，赶紧站起来喊了一句“妈！”她头发乱蓬蓬的，眼睛鼻子红红的，明显是哭过的痕迹。奶奶对她点了点头，紧步走到病床边。

半年不见，小娥有些长开了，从一个奶娃娃变成了小姑娘，圆嘟嘟的脸蛋变长了，皮肤也变白细了，睡着的时候眉头还蹙着——是谁把奶奶那个又暖又软又爱笑爱闹的小宝贝变成了这样安静委屈的样子呢？奶奶叹了声气，伸手摸摸宋小娥的小脸蛋，摸着摸着，宋小娥睁开眼来，看到奶奶，迷茫的眼神立刻亮了起来：“奶奶！”

“哎，小娥，奶奶的好孩子哟。”

那双发亮的眼睛慢慢地就蒙上了一层水雾：“奶奶，我不是好孩子啦。”

“哪个说你不是好孩子啦，奶奶不答应。”

“他们都说我玩滑板车撞了张爷爷，爷爷住院了，不是我撞的。”

“嗯，奶奶知道，肯定不是我们小娥撞的。”

宋成在旁边插了一句：“妈，警察还没调查清楚……”

宋小娥听到这一句，呜呜地哭了起来：“奶奶，我不要在城里住了，城里不好，我要回乡下。”

奶奶拿手不停地给宋小娥抹眼泪，自己眼睛也一直发酸：“好，好，奶奶带你回南山村。”

王佳在旁边听着难受：“妈，这个事情，是我们比较急躁……小娥，对不起，妈妈不该打你……不过小学已经开始报名了，这……”

宋小娥从奶奶怀里抬起头来，眼泪汪汪地看了王佳一眼，王佳讷讷地说不下去了。孩子的悲伤是全然纯粹的，因为这个纯粹，所以分量更重。奶奶抱着小娥，摸着她的后背，这个小孩子啊，抱在手里还这么一点呢。奶奶哄了一会儿小娥，转身对儿子媳妇说：“我们出去说几句吧。”

于是三个大人来到诊室旁边的会客室。窗外的小花园里绿意滚滚，花开了满树，鸟叫得婉转。奶奶静静地看着宋成王佳。

王佳先低下头来：“妈……都怪我没照顾好小娥。”

宋成也赶紧说：“是我没做好。”

奶奶说：“我一直想，小娥是你们的孩子，该怎么管教，你们会有数的。”王佳听到这话，擦了擦眼睛。奶奶接着说：“小娥一直在我身边带着，我知道她，这孩子心里热乎着呢，对人好，也从不撒谎。所以刚才她说不是她撞的，我就信。”

宋成张了张嘴：“可是……”

奶奶：“宋成啊，你是她的亲爸，你不信她，谁信她？事情还没搞清楚，就这样委屈孩子，她得遭多大罪啊。真不行，回头还是让她跟我回乡下去吧。”

王佳赶紧说：“别！妈，小娥是我生的，我怎么会不心疼她呢？我就是，我就是太着急了。这次事情闹得这么大，都不知道该怎么收拾了，可是不管接下来怎么处理，我都会保护好小娥，她要什么我都答应……

妈，我，有时候真的不知道该怎么当妈，我做得不好……”王佳索性呜呜哭了出来，好像要把积攒多时的焦虑都哭出来。奶奶伸手去摸她的头发，她也不过是个年轻的女人啊，要流多少次眼泪、拥抱多少次，才会成为一个真正的好母亲呢？宋成在旁边宽慰着：“小娥确实有时候不太好管，性格大大咧咧的，就拿她爱管闲事这事儿说吧，妈，您知道邻居都管她叫什么吗？叫‘小事儿妈’，才多大点儿孩子。”

这一句让奶奶破涕为笑，说话的气氛也松动了一些：“‘事儿妈’算啥？村里人还管她叫‘村长’呢，你自己去问问，就没她不管的事情。可大伙儿就喜欢她处处帮忙。宋成，你小时候也和她一样，心肠好，爱帮助人，脾气也犟，怎么长大了，就全给忘了？”

王佳擦擦眼睛，忍不住问：“宋成小时候也这样？”

奶奶笑笑：“可不，整天说自己要当大侠，要保护老百姓。人还没晒衣杆那么高，就天天爬高蹿低，谁都知道你爱捣蛋。”

宋成怪不好意思：“我那是扶危济困。”

“你记不记得十三岁那年，你爸狠狠揍过你一回？”

“怎么会不记得，我爸把那烧火棍都给打断了。”

王佳惊讶得眼睛都睁大了，她从没听过这件事。宋成便给她解释："住我家隔壁的老张头，过年腌了几斤腊肉挂外头晒，叫人给偷了。正好我那阵子帮大家贴窗花，成天在人屋檐底下溜达，老张头就非说是我给偷的，闹到家里来，非让我赔。"

王佳说："那怎么能赔，你把事情说清楚不就行了嘛。"

"说不清楚啊，"奶奶在旁边说，"都看见宋成在他家屋子底下过了，越解释越不像样。老张头闹得凶，这孩子又梗着脖子犟，宋成他爸气的，上手就拿烧火的棍子揍他。"

王佳心疼说："那得多痛啊！"

"别的孩子挨打痛了，要么就老老实实说是自己偷的，要么就干脆撒丫子跑了，宋成这孩子，硬是站在那儿不动，还瞪他爸，你说这不是撮火嘛，他爸那会儿年轻，手脚没个轻重，就把烧火棍给打折了。"奶奶叹口气，很无奈。

王佳心里很难受："那后来呢？"

"后来他死活不承认，我只好把自己家过年的肉赔给老张头，那年过年啊，全家都没吃上肉。"

“那肉到底是谁偷的呀？”

奶奶回答：“后来才知道，是邻村的几个小孩偷的，他们再出来摸肉的时候，叫人给逮住了，这才破的案。你爸后悔了大半辈子，怪自己，怎么下那么重的手打孩子。”

宋成看着妈，说：“妈，其实挨打我受得了；我受不了的是你们拿家里的肉赔给人家。”

“嗯，我明白，那等于承认是你偷的，对不？”

“我一直想不明白，我是你们的儿子啊，你们当时为啥不相信我。要不是后来真的小偷抓到，我就得一直背着这黑锅了。”

“是啊，我们当时就想着，孩子惹祸了，大人就得好好管，就没想过站在你这边。打那以后啊，我就明白了，大人也不总都是对的，大家都是第一次当人爸妈，难免会做得不好，但有一条，得相信自己的孩子，听听他怎么想。如果光按自己的来，就成欺负孩子了。宋成小佳，你们明白吗？”奶奶说完，深深地看着他俩。

宋成在母亲的眼光里低下头，不自在地搓了搓下巴：“妈，您说得对，这次这件事，我确实没问清楚就骂小娥了。唉，我怎么变成这样。”

王佳原本纷乱的心绪，在婆婆的话里却变得清晰起来，她说：“其实我问题很大，我老觉得管好自己就行，不要吃亏，也不占人便宜就够了，我以为不管闲事就是减少麻烦，但其实这就是小娥说的‘自私’。仔细想想，小娥他们管的闲事，真的帮了大伙儿很多忙。相比较起来，我还不如她。小娥这是在给我上课啊。”

奶奶笑了笑：“孩子一直在长大，其实你们也是跟着她一起长的，有点儿耐心，别像我和宋成爸那样后悔啊。”

王佳心里的主意越来越笃定：“妈，这次张大爷摔倒的事情，我会保护好小娥的，您放心。”

宋成：“我再和警察那边联系。”

奶奶站起身来：“话说回来了，谁天生就会当父母的，不都是摸着石头过河，慢慢来的吗？你们明白了，我就放心了，走吧，看我小娥去。”

三个红了眼睛的、低着头的、抿嘴笑的大人回到了宋小娥的身边。小娥还有些搞不清状况，就被妈妈王佳猛地抱住了：“小娥，妈妈不好，妈妈做错了，你不要怪妈妈行吗？”

宋小娥本能地要维护妈妈：“不是，是小娥没听话。”她看向奶奶：“我跟奶奶回乡下，妈妈以后就不会累了，妈妈别生气。”

王佳心疼得不行，她恨不能时光倒流，回到她批评、斥责宋小娥的每一个情境里，把那个蛮横的疲惫的自己好好摇醒。处理好那些环节，才没有现在小女儿的这种备受伤害的口吻。还好，还来得及，她赶紧对宋小娥说：“小娥，妈妈不累的，你在妈妈身边，妈妈很开心。”

“可是我爱管闲事，总让你生气。”

“妈妈现在才明白，爱管闲事是你在帮助大家，这是一件好事情，妈妈以后也可以帮助你，好不好？”

“可我不像女孩子，跳舞钢琴什么的都没学好……”

“没关系，只要你喜欢，只要你努力了就行。”王佳抱着女儿，满脸恳求的神色。她第一次发现，其实很多时候大人貌似有道理地高高在上，无非是欺负弱小而已，很多所谓的“对孩子好”，其实只是假爱之名的控制与压迫。她不要做那样的母亲，她只是想在心里贴紧自己的小女儿，贴紧这样纯然的一个灵魂。

宋小娥也从没和王佳这样地交流过，她习惯了王佳像一个大人一样地照顾她对她发布命令，却没见过这样脆弱的母亲，她好像跟自己一般高。宋小娥迷惑地眨眨眼，忍不住说了心里最惦记的事情：“可是妈妈，那个叔叔说是我撞倒他大伯的。”

宋成在旁边听了半天，心里也不是滋味，现在走上来说：“小娥，你说不是你撞的对吧？”

宋小娥缓缓地点点头。

宋成摸摸她的头发：“爸爸妈妈相信你，我们会和警察叔叔说清楚，让警察叔叔一定查清楚了，好吗？有什么问题，爸爸妈妈一定会陪你一起解决的。”

宋小娥又看看奶奶，奶奶笑着冲她点点头。

宋小娥头猛地埋进妈妈怀里，然后再慢慢地抬起来，脸上一点一点地挂上笑容，她对王佳说：“妈妈，我最爱最爱你们了。”

王佳眼泪唰地又掉了下来：“小娥，妈妈也最爱最爱你了。”

第十二章

重出江湖

母女俩“你爱我我爱你”地腻歪了好一会儿，宋成都有点吃醋了，故意问：“小娥，你就不爱爸爸吗？”

小娥赶忙伸长了手，大声说：“小娥也爱爸爸！”

宋成走过去，抱住了小娥，也抱住了王佳。经过这件事，他深深体会到怀里的这两个人是自己要全心守护着的，不能再有闪失。王佳叹了口气，她体会到了丈夫的心意，其实这也是她的想法。

三个人静静抱了会儿，突然宋小娥冒出声音来：“爸爸！我想吃红烧排骨！你这次做的，我一口都没吃到就被小猫打翻了！”

宋成笑了：“你这个小馋猫，到底是爱爸爸还是爱红烧排骨？行，等你回家，爸爸就再给你做，让你吃个够！”

“不行！”奶奶和妈妈异口同声地说。

王佳拧着宋成的胳膊说：“你别瞎惯孩子，小娥伤还没好，吃点清淡的。肉以后再吃！”小娥哀求地看着奶奶，她觉得自己一点事儿都没有，就是饿，想吃肉！

可是这次奶奶站在了妈妈一边，她摸着小娥的头说："小娥乖，听话。等你好了，奶奶给你做红烧肉，比你爸爸做得好吃！"

奶奶让宋成和王佳回去准备晚饭，自己留在医院陪小娥。两人拗不过，只好先走了。小娥拉着奶奶的手，扭呀扭地就钻进了老太太的怀里，深深地闻了一下奶奶身上熟悉的味道，这个味道总是能让她安心。她撒着娇说："奶奶，我可想你了！"接着就絮絮叨叨地开始给奶奶讲她进城之后认识的新朋友，还有还有，楼上李奶奶做的酱牛肉可好吃了，身上的味道也像奶奶，所以想奶奶的时候，她就去找李奶奶聊聊天。老太太看着叽叽喳喳的小孙女，笑得满脸皱纹都收不住了：这么好的孩子，怎么就忍心让她受委屈呢？

小娥家楼下，子琪嘟着嘴，不高兴地对周婉玲说："我不回家，我要在这里等小娥。"昊昊也跳着脚喊着："我也不回家！"他们俩都知道了小娥被车撞倒进了医院，担心得不行，吵着要来找小娥。周婉玲和胡美美没办法，只好带着他们到这里等。说是去找证据，也没什么新的途径——谁也不能证明三个孩子是无辜的，当然，也没人可以说他们真的撞了人。真是烦恼啊。

等了半天，宋家谁也没回来。周婉玲的意思是，继续站在这儿等也不是办法，老爷子的事还没有定论呢，他侄子走的时候可还是不依不饶的，还是带着子琪回家给赵宇打个电话讨个主意，实在不行，让赵宇请个律师！胡美美听到这事就心烦，昊昊还在闹着不肯回家，让她心乱如麻，忍不住一巴掌拍在他后背上，呵斥道：“臭小子，别以为我不会打你，你是忘了你们今天闯的祸了？等你爸爸回来，你看他能饶了你？”

昊昊又害怕又委屈：他们明明没做错事，还那么热心地帮爷爷叫了救护车！做好事没人表扬就算了，毕竟培培姐姐说过，小朋友做好事可不是为了要别人表扬，可是这些大人怎么就不肯相信自己的话，还要冤枉他，还说要打他！昊昊决定不管男子汉不能哭的规矩了，他要大哭一场了！

哭声还没酝酿好，王佳和宋成就回来了。

胡美美和周婉玲还没来得及说什么，两个小家伙噌一下就围了上去。一个说：“阿姨，小娥怎么没回来？她受伤了吗？”一个说：“叔叔叔叔，我们真的没有撞到爷爷，你们不要冤枉小娥！”

好不容易把两个孩子安抚好，四个大人就得商量正经事了。眼下的大事，只有一件：老人被撞倒的事到底怎么解决？

胡美美说："我是愿意相信孩子们说的话，但是怎么证明？真是气死了，监控怎么就被遮住了呢？"

周婉玲想的是，最坏的结果恐怕就是要赔钱，但是赔多少，怎么赔也不能是那个一看就不好惹的小年轻说了算，恐怕还是得找律师！

宋成沉思了一下，说出了自己的打算："我们做两手准备吧，明天我再去小区里打听一下，看看有没有目击证人能证明孩子们的话。律师那边，就麻烦子琪妈妈联系一下，看看我们需要怎么配合。"

就算是已经决定相信孩子们的话了，大人们还是做了好几套应对的方案，毕竟这事并不是说一句相信，所有问题就迎刃而解了。其实现在，他们最希望的就是老爷子能赶紧醒过来，只有他能为孩子们作证。

做好晚饭，王佳去医院把奶奶换回家休息了。她陪着小娥在医院度过了一个晚上的观察期，小娥不认生，很快和护士站的小姐姐们混熟了，聊得可开心了。小娥也不认床，晚上睡得可香了。做妈妈的既担心小娥脑震荡，又担心张爷爷不能马上醒，一晚上没睡好，早上起来可以看到两个巨大的黑眼圈。

医生查完房，说小娥没事了，他们等下就可以办出院。小娥开心极了，医生阿姨和护士姐姐虽然都挺好，但医院可不是什么好玩的地方，还是快点回家吃奶奶烧的红烧肉吧！王佳也终于松了口气，孩子没事就好，至于其他的事，总是能解决的。

母女俩正准备收拾收拾出院呢，就听到一个女子声音在门口犹豫地问：“宋小娥是不是在这个房间？”

王佳抬头，眼前是个陌生的中年女子，齐耳的短发，戴着眼镜，一看就是个干脆利索的人，手里还拎着一个大水果篮。

小娥也听见了，马上用她一贯的热情笑着说：“阿姨，你找我呀？我不认识你呀？”那女子走进来，对着小娥和王佳说：“我叫张静，是张爷爷的女儿。”

小娥听到这话，笑容立刻收了回去，有点胆怯地往妈妈身后躲了躲，她忘不了昨天那个闯到她家和爸爸吵架的叔叔，那么凶。她怕这个阿姨也是来跟妈妈吵架的。但想了想，她还是跨出了半步，看着来人的眼睛，小声但坚定地说：“阿姨，你别听那个叔叔说的话，张爷爷真的不是我们撞倒的，我们没有说谎。”

王佳则把小娥扯到身后，带着几分警惕看着来人。张静表情很平和，甚至微微有点笑意，看起来似乎不像是来找麻烦的。王佳也没敢放松，她问：“您好，不知道您找小娥是……”张静看出了母女俩的紧张，带着歉意说：“昨天真不好意思，我堂弟那人脾气急，说话不好听。我今天是特意来道歉和道谢的。”说着，她把那个水果篮放在病床边的柜子上。

王佳有点蒙，早上宋成还打电话来说这事可能有点棘手，昨天那个时间周围确实没有什么目击者，不知道怎么才能证明孩子们说的话，谁知道现在峰回路转了。她有点搞不清楚张家为什么转了这么大的弯，试探着问：“是……老爷子醒了？”张静开心地点点头：“昨天半夜的时候醒了。医生说幸好发现得及时，不会有什么后遗症，休养一段时间就能康复了。”

小娥听说爷爷醒了，忍不住高兴地喊了一声：“太好了！”

张静接着说：“我爸昨晚知道堂弟去你们家闹事，把他骂了一顿。说要不是三个孩子发现得及时，又立刻通知保安，叫来了救护车，这次可就危险了——本来我爸是想自己亲口感谢你们，好不容易被我劝住了，今天一大早就又催着我出来。我打听了半天才知道，原来小娥也住院了，你没事吧？”

小娥心里头一块大石头落地了，现在那里一片阳光透亮，她笑嘻嘻地说：“阿姨，我没事，我可壮啦！”

张静被她逗笑了：“阿姨现在要正式地跟小娥和你的小伙伴们道谢，谢谢你们救了我爸爸。我也代表我堂弟，正式地跟你们道歉。他没弄清情况就冤枉你们，是他的错！过两天他自己会再上门道歉的。”

小娥太开心啦：“太好了！爷爷以后又可以给我们讲小鸟怎么飞，猫咪的胡子有什么用！阿姨，你叫那个叔叔不用来道歉了，知错能改就是好孩子，我和昊昊、子琪都不会怪他的。”

王佳和张静忍不住笑了，孩子的心，真是水晶一样剔透和干净。

回到小区，小娥受到了英雄般的待遇：邻居们都围在单元门口等着迎接她回来呢！李奶奶拉着奶奶的手——她们现在已经是好闺蜜啦——感叹地说：“小娥真是个好孩子，你说，一般的小孩儿，碰见这个事儿，就算不吓跑，肯定也不知道怎么办。我们小娥就知道要去找保安。”

小娥马上说："昊昊也很聪明的，他知道爷爷是病了，要不然我还以为爷爷睡着了呢！"昊昊听到了专属表扬，神气极了，赶紧挺了挺胸，小胖下巴都快指到天上去了。子琪拉拉小娥的衣角，小娥赶紧又说："子琪也很厉害，都没有害怕！"

孙阿姨又忍不住翻了个白眼，大声说："行了，大家都知道你们三个都是好孩子。宋小娥，你这个小事儿妈这两天没在，都没人提醒我拧干拖把，我很寂寞。你这孩子以后再敢离家出走，你妈不揍你，我也要揍你，知道吗？"

小娥甜甜地笑了："我知道啦，以后不会不告诉大人就跑出去了！奶奶已经批评过我了。孙阿姨，你也一样啊，以后拖把还是要记得拧干呀！"

一场风波，就这样在众人的笑声中奇迹般地结束了。过程虽然有点曲折吧，但是结果还是挺好的。

两个星期之后，奶奶带着小娥的不舍回乡下啦，但是她说，把家里的事情安排好之后，她会再回来的！而巴啦啦小虎队也早就因为队长的回归而重出江湖了。所以当张爷爷坐着轮椅回到小区的时候，遇到的正是正在执行任务的三位队员：他们今天给自己布置的任务是到小区的绿地去捡垃圾。一看到张爷爷，三个小家伙立刻跑了过来，笑哈哈地围着老人说个没完：昊昊蹲在地上，特别眼馋地看着电动轮椅，这个看起来很好玩呢，不知道跑得快不快呀；子琪摸着轮椅的扶手，心疼地问张爷爷：“爷爷，你还疼不疼呀？你以后都要坐在这个椅子上吗？”

张爷爷笑了：“只要多锻炼，过段时间爷爷就不用坐这个了。昊昊，爷爷这个可不是什么机器人，这个是电动轮椅，行动不方便的人才需要。”昊昊挠了挠头，不好意思地笑了。小娥说：“爷爷，你要怎么锻炼啊？我们陪你吧！”

王佳在阳台上看见孩子们围着张爷爷边走边说笑，感慨地喊宋成过来：“你看，孩子们真棒，他们就算一时被冤枉、被打击了，还是能这么赤诚地对别人。你说，我们小时候是不是也是这样的？”

宋成笑了：“你啥样我是不知道啊，我妈不是说了，我小时候也跟小娥一样，是个爱管闲事的。就是人长大了吧，天真就少了，也不知道小娥长大了会变成什么样的人？”

王佳沉默了一会儿，说：“宋成，我想了很久，决定把那个新媒体推广的工作接下来了。”

宋成很意外，不知道为什么妻子忽然谈起了工作，而且他很清楚，王佳前段时间还一直犹豫，离开舒适区，可不是那么容易。

王佳慢慢地说：“看着小娥他们，我就忽然想，我当初也是一个热情勇敢有理想的人，怎么越长大就越变成了一个自己不喜欢的大人了呢？我不想再这样下去了，就从一个新挑战开始吧！我想要改变，重新找回那些热情和理想，希望我的女儿以后能为我骄傲。”

宋成笑了，他把妻子揽进怀里，由衷地说：“好！我支持你！以后我会多陪小娥，多做家务，用行动支持你做一个事业女性。现在，让我们下楼加入巴啦啦小虎队，为小区环境卫生出一分力吧！”

夫妻俩开开心心地带着工具下楼，和胡美美、李成龙会合，再去找周婉玲和赵宇。对了，子琪那个总出现在电话里的爸爸最近终于常回家了，还参加了一次幼儿园的亲子运动会呢。据说这里面也有爱管闲事的“小事儿妈”宋小娥同学的功劳，但是具体怎么做到的，只有子琪知道。她说，这是秘密，连周婉玲都不肯告诉。

三家人快快乐乐地凑在一起捡垃圾，孩子们的笑声很清脆。虽然在以后的日子里，他们依然会碰到各种各样的问题，可孩子们要从中学着成长，大人们又何尝不是呢？但是人生啊，就是这样，山一程水一程，跌跌撞撞走到老，愿他们心里永远都有阳光照耀。